KB076395

불편한 이야기

글담 葬談

불편한 이야기 글담 苦談

초판 1쇄 발행 2019년 10월 10일

지은이 우종태
발행처 예미
발행인 박진희

편집 박기원
디자인 김민정

출판등록 2018년 5월 10일(제2018-000084호)

주소 경기도 고양시 일산서구 중앙로 1568 하성프라자 601호
전화 031)917-7279   팩스 031)918-3088
전자우편 yemmibooks@naver.com

ISBN 979-11-89877-12-5 (03810)

이 도서의 국립중앙도서관 출판예정도서목록(CIP)은 서지정보유통지원시스템 홈페이지
(http://seoji.nl.go.kr)와 국가자료공동목록시스템(http://www.nl.go.kr/kolisnet)에서
이용하실 수 있습니다. (CIP제어번호 : CIP2019037739)

불편한 이야기

글담 葬談

글에 대한 담론

우종태 지음

예미

본문에서

* 설문은 서기 121년 후한 때 허신이 편집한 중국에서 가장 오래된 자전 설문해자를 가리킴.

* 설문체는 설문해자에 쓰인 글자체를 말함.

* 갑골문과 금문은 https://hanziyuan.net에 실린 글자를 이용함.

* 갑골문과 금문은 자형이 다양한데, 본문에 실린 것은 수많은 자형 중 저자가 선택한 것임.

* 글은 원나라의 서예가 饒介요개가 쓴 초서체임. 한글의 鷥글림.

여는 글

이 책은 10년 전부터 써왔습니다. 썰자의 글契공부를 담았습니다. 아버지가 없었다면 글契공부는 하지 못했습니다. 2017년 아버지가 떠나신 후로는 글契공부를 할 때마다 아버지가 보고 싶었습니다. 유명을 달리하실 때 보여 주신 환한 미소와 썰자를 향한 고마운 손짓을 잊을 수 없습니다. 어머니와 아내 윤미강에게도 감사드립니다.

썰자는 변호사로 20여 년 활동해오면서 법과 사회, 경제, 철학에 관하여 많은 공부를 하였지만, 그로 인한 기쁨은 오래 가지 않았습니다. 허무한 공부였습니다. 늘 새로운 것을 좇아야 했는데, 쳇바퀴에 올려진 다람쥐처럼 더 나아갈 바가 없는 공부였습니다. 직업을 위한 공부였기에 그랬습니다. 자신을 키우는 공부, 내가 누구인지를 깨닫게 되는 공부, 홀로 만족할 수 있는 공부를 하고 싶었습니다. 배움을 추구하던 어느 날 원시 한자 속에 숨겨진 적나라한 욕망과 원초적인 두려움을 접하게 되었습니다. 욕망과 두려움이 그림이 되고, 그림이 글자가 되어 소리를 담고, 글자의 소리가 수천 년을 거슬러 올라 언어가 되어 있었고, 내 영혼에 담겼습니다. 원시 한자에 대한 공부는 내 영혼의 두려움과 욕망을 꾸밈없이 드러내 주었습니다. 내가 누군지 서서히 보이기 시작했습니다. 나름의 깨달음이지요. 깨달음은 두려움과 욕망으로부터 벗어나는 평안이 되었습니다. 깨닫는 것을 정리하기 시작한 지 10년이 지났고, 그 작업을 1차 마감하면서 이 책을 세상에 내놓습니다. 죽는 날까지 하여야 할 공부이기에 언제나 설익은 상태일 수밖에 없다고 자위하며 이 책을 세상에 내놓습니다.

글담은 글자를 뜻하는 글契에 대한 담談론을 뜻합니다. 사문난적斯文亂賊에 대한 두려움으로 토론문화가 미미해진 우리 사회에서는 담론을 하지 않습니다. 담론하지 않으니 허언이 진실이 되고 역사가 되기도 합니다. 담론은 담판談判을 짓는 대화인데, 대개는 담담淡淡한 대화로 오해하십니다. 담담淡淡하기를 원하는 분들에게 이 책은 불편할 수 있습니다.

이 책을 저술하면서 가장 심혈을 기울인 부분은 한자의 뜻풀이입니다. 친일파들에 의한 갑오개혁으로 법령을 비롯한 공문서가 국문을 바탕으로 써지더니, 친일파들이 득세한 대한민국은 정부

수립과 동시에 한글 전용을 법제화하였습니다. 발음 기호에 지나지 않는 한글에 대한 자랑은 언제나 지나쳤습니다. 그 결과 우리 민족은 한자 이름을 짓고, 한자 단어를 일상적으로 사용하면서도 한자를 이해하지 못하게 되었습니다. 한자에 대한 몰이해는 사용하는 어휘에 대한 부정확한 이해로 이어졌으니 결국 대충 생각하는 민족이 되었습니다. 극복되어야 할 난제입니다. 이를 극복하는 데 작은 힘이나마 보태려는 마음으로 이 책을 썼습니다.

2019년 추석 썰자 우 종 태

차례

내 이름은 BTS, 김남준
아빠 없는 하늘 아래
아바타, 부활
물리적 하나님
굴레 벗기

내 이름은 BTS, 김남준

　　썰자에게는 아들이 둘 있고 중간에 아주 예쁜 딸이 있습니다.
총기聰氣를 자랑하며 자뻑하기를 좋아하는 초등학생 막내아들이 물
었습니다. "아빠, 내 이름은 무엇을 의미해?"... 썰자는 한참 생각
한 후에 비겁하고 미안한 대답을 하였습니다. "아빠가 지은 이름이
아니라서 그 뜻이 쉽지 않구나." "그래? 왜 그랬어?" 무엇인가 말을
더 보태서 해 주고 싶었지만, 아들은 변명할 틈을 주지 않고 실망한
표정을 지었습니다. 섭섭해하던 막내의 이름은 시원입니다. 썰자
는 목소리가 단단한 그놈을 사랑합니다.

　　BTS의 김남준은 2018년 유엔에서 연설을 하였습니다. '저희
초창기 앨범 인트로에는 제 가슴이 9살, 10살에 멈춘다는 가사가

있습니다. 지금 생각해보면, 아마 그때부터 다른 사람들의 시선을 신경쓰기 시작하고, 다른 사람의 시선에서 저를 보려고 했습니다. 밤하늘 보기를 그만두었고 유치한 상상보다는 다른 사람들의 틀에 갇혀 살기 시작했습니다. 제 자신의 목소리를 줄이고 다른 사람의 목소리를 듣기 시작했습니다. 아무도 제 이름을 불러주지 않고 저도 그들의 이름을 부르지 않았습니다. 제 가슴은 멈췄고, 제 눈도 삼겼습니다. 그렇게 서와 우리들은 유령처럼 이름을 잃었습니다. 하지만 저는 한가지 감각이 남아 있었습니다. 음악이었습니다. 몸 안에서 "일어나서, 네 자신의 소리를 들어라."라는 작은 목소리가 들리기 시작했습니다. 하지만 그 음악 감각이 부르는 제 이름을 제대로 듣기까지는 시간이 꽤 걸렸습니다.'

　　김남준은 자신의 이름을 제대로 듣게 되었을 때에 자신을 있는 그대로 사랑할 수 있게 되니, 실수가 있더라도 부끄러운 일이 있더라도 감추지 말고 드러내어, 자신만의 목소리를 내라. 자신의 목소리로 자기의 이름을 말하라고 하였습니다. 그러면서 김남준은 'BTS 김남준, RM'이라고 자신의 이름을 말하였습니다.

　　영화 '아버지의 이름으로'가 생각납니다. 영국에 의하여 탄압을 받던 아일랜드인 주세피는 히피 생활을 하던 아들로 인해서 억

울하게 폭탄 테러범으로 몰려 아들과 함께 30년 징역형을 받습니다. 하지만 아들을 탓하지 않았지요. 영국 경찰에게는 세간의 뉴스가 된 폭탄 테러 사건의 범인이 필요하였고, 주세피가 진범이 아닌 것을 알면서도 범인으로 몰았다는 것을 알기 때문이었습니다. 교도소에서 아버지와 같이 지내게 된 아들은 아버지의 근엄함과 정의에 대한 의지를 보면서 하나의 인간으로 성장합니다. 주세피는 무죄를 밝히기 위하여 노력하던 중 사망하고, 홀로 교도소에 남겨진 아들은 아버지의 이름, 명예를 위하여 힘겨운 투쟁을 합니다. 그리고 승리합니다. 중동 사람들은 많은 경우에 누구의 아들이라고 이름을 짓습니다. 여행가로 유명한 이븐 바투타는 바투타의 아들이라는 뜻입니다. 사상가인 이븐 칼둔은 칼둔의 아들이지요. 썰자는 '우씨 아들'로 불리고 싶습니다. 그렇게 불릴 때가 제일 좋았습니다. 내 안의 내가 잘 보이지 않았을 때에, 아버지를 보면 내가 어렴풋이 보였으니까요. 아버지는 평생을 막노동판에서 일하셨습니다. 하지만 멋있었지요. SG워너비 김진호가 부른 '가족 사진'의 가사 한 구절이 생각납니다. '이곳저곳에서 째지고 또 일어서다 외로운 어느 날 꺼내본 사진 속 ~ 아빠를 닮아 있네.' 별로 알려진 노래가 아니었는데 유튜브에서 조회 수가 1,700만을 넘어선 것이 특별해 보여 클릭한 후 묵묵히 독백하는 듯한 노랫말에 끌려 잠잠히 들어보았습니다. 그러던 중 '아빠를 닮아 있네.'라는 부분에 이르러 갑자기 터져 나온 눈물 때문에 중년의 썰자는 울보가 되었었습니다. 남자는 나이가 들수록 아버지를 닮아가는가 봅니다. 아빠를 닮아가는 썰자가 점점 좋습니다.

큰아들의 이름은 승원이고, 딸의 이름은 수빈입 니다. 아들과 딸이 비밀스러운 개인 정보가 된 세상이시만, 썰자에게 아들과 딸의 이름, 웃음과 건강은 자랑입니다. 승원과 수빈은 아버지가 지으셨고, 막내아들의 이름 시원은 내 뜻과 달리 철학관 작명가가 지었습니다. 아버지와 작명가가 이름을 선택할 때에 썰자는 아무런 참견도 하지 않았습니다. 남자는 남자답고 여자는 여자다우면서, 부르기 편한 이름이 최선이라고 생각했기에 굳이 내 생각을 보태어 아버지의 선택을 복잡하게 할 필요가 없었습니다. 우리는 이름을 짓는 것을 작명作名이라고 하는데, 중국인들은 기명起名이라고 합니다. '순식간에 만들어졌다'라는 의미의 作작을 사용한 작명은 결정론적인 의미가 있음에 반하여, '몸을 일으켜 세워서 간다.'라는 의미를 담은 起기를 사용한 기명起名에는 꿈을 시작한다'라는 의미가 있습니다. 작명에는 운명이 실리고, 기명起名에는 꿈이 담겼다고 할 수 있습니다. BTS 김남준의 말이 새롭습니다. '제 이름을 제대로 듣기엔 시간이 꽤 걸렸습니다' 이름에 실린 운명을 몰랐다는 말일까요, 이름에 꿈을 담아내지 못하였다는 말일까요? 아마도 후자겠지요.

'나는 누구인가'는 인문학에서 흔히 볼 수 있는 주제입니다. BTS 김남준은 전 세계를 향해 자신을 '방탄소년단 김남준, RM'이라고 말하였습니다. 썰자는 고등학교를 다닐 때에는 '용산고등학생 우종태'가 '나'였고, 방위병으로 복무할 때에는 '일병 우종태'가 '나'였습니다. 그런데 대학교에 들어가자 갑자기 나를 표현할 수 있는 말이 사라졌습니다. 원하던 대학이 아니어서 그랬는지 모르겠지만 '고려대학교 법대생 우종태'로는 나를 설명하기에 부족하였습니다. 그러다가 '고시생 우종태'가 되었습니다. 한 번도 '고시생 우종태'로 불리지 않았고, 만족스럽지도 않았지만, 그때의 '나'는 고시생이었습니다. 사법시험 공부를 하면서 우여곡절을 겪었고, 고시를 포기하겠다고 하였을 때에 아버지께서 "고시 공부를 하는 네가 자랑스럽다"라고 말씀하시어 시험을 포기하지 못했습니다. 그리고 기적적으로 다음 해 사법시험에 합격하였습니다. 썰자는 운이 좋은 사람입니다. 그 뒤로 '변호사 우종태'가 되었습니다. 그런데 '변호사 우종태'로 만족하던 시기는 그리 오래가지 않았습니다. 변호사는 생활의 수단일 뿐이어서 내 안의 나를 일깨우고 성숙하게 하기보다는 나를 가두는 벽이 되었습니다. 벽을 부수고 내 안의 나와 대화를 하고 싶어졌습니다. 나와 대화를 하기 위하여 자전거를 탔습니다. 자전거로 출퇴근하면서 스치는 바람을 느끼고, 그 바람에 흔들리는 나를 느꼈습니다. 사진을 취미로 하여 내가 보는 세상과 카메라 뷰파인더로 보는 세상이 서로 다른 것을 즐겼습니다. 내 안의 끼를 끄집어 내고 싶어서 색소폰을 불었습니다. 하지만 취미는 취미일 뿐이어서 내 안의 나를 만나는 기회가 좀처럼 생기지 않았습니다. 그러다가 말과 글자에 대하여 공부하기 시작했습니다. 공부는 우연히 시작되었습니다. 중국의 술집에서 편하게 놀기 위하여 여행용 중국어를 공부하다가 중국어를 구성하는 한자에 빠진 것입니다. 한자에 빠져서 우리말을 되짚어 보니 내가 하는 말이 무슨 뜻인지도 모르고 말하는 경우가 너무 많다는 사실을 알았습니다. 마광수 교수는 인간은 문자의 굴레 속에 산다고 하였습니다. 한자의 공부를 통하여 나를 둘러싼 굴레가 보이기 시작하였습니다. 한자를 공부하면서 내 언어의 뜻을 바로 잡고 거기에 맞춰 생각을 바로 잡는 과정은 의외로 재미있었습니다. 그런 재미로 10여 년을 보내니

글 공부를 하기 전에 비해 내가 달라졌음을 느끼게 되었습니다. 내 안의 나를 알게 된 것이지요. 달라진 나를 위하여 스스로 이름을 지었으니 썰자입니다. 이제 '내가 누구인가?'라는 질문에 스스로 '썰자'라고 답을 합니다. 낯설고 싼 느낌의 '썰자'가 좋습니다. 내가 그런가 봅니다.

이제 막내에게 이름 시원施源에 대한 글담을 하려고 합니다. 源원은 산속 바위 틈에서 시작되는 강줄기의 근원을 뜻합니다. 쉬운 글자여서 굳이 썰지 않겠습니다. 썰자가 네이버 한자 사전을 검토해 보니 추천하기에 부족하고, 자원에 대한 설명은 대부분 근거 없고 황당하지만 源원은 네이버 사전을 통해서도 충분히 이해할 수 있는 글자입니다.

施시는 아주 재미있는 글자입니다. 施시를 방향을 뜻하는 方방과 나머지 㐆로 썰면 잘못 썬 것입니다. 㐆의 모양이 拖타, 㐆타, 陁타 등에 포함되어서 㐆 단독으로 소리와 의미를 가지고 있는 것처럼 보이지만 㐆는 현재 단독으로 쓰이는 경우가 없습니다. 施시를 제대로 썰면 깃발이 나부끼는 모습을 담은 㫃언과 여성을 뜻하는 也야로 썰어집니다. 施시의 의미는 㫃언에 큰 축이 있습니다. 옛날 부족사회에서 깃발은 부족을 상징하는 문양으로 만들어졌을 것입니다. 부족이 국가로 발전하였을 때도 마찬가지였을 것입니다. 신라는 치우천왕, 고려는 삼족오, 백제는 나투가 국가 문양이었습니다. 대한민국의 문양은 무엇인가요? 다섯 꽃잎의 무궁화 안에 태극 문양이 대한민국의 공식 문양입니다. 여러 부족이 모여서 행사를 치르거나 전쟁할 때에 부족의 상징을 그린 깃발 㫃언을 중심으로 모이고 흩어집니다. 그러니 㫃언은 공동체를 뜻합니다. 㫃언이 포함된 다른 글자를 보면 공동체의 의미를 더욱 분명히 확인할 수 있습니다. 겨레를 뜻하는 族족은 깃발을 뜻하는 㫃언에 화살을 뜻하는 矢시를 더하였습니다. 총포가 없던 옛날에는 화살이 가장 강력한 무기였으니 族족은 전쟁을 위한 강력한 무기를 들고 같은 깃발 아래 모여서 같이 싸울 것을 다짐하는 공동체, 생사를 같이하는 공동체를 뜻합니다. 그러니 엄지족, 배낭족, 캠핑족, 노마드족, 아베크족은 제대로 된 말이 아닙니다. 가족, 민족이 대표적인 族족입니다[1]. 민족이 한 겨레, 한 핏줄을 의미하지는 않습니다. 가장 인구가 많은

1　이영훈 전 서울대 교수는 반일 종족주의라는 표현으로 일본에 침탈당한 민족의 자존심을 모욕하고 있습니다. 종족은 혈통적·생물학적 개념이며, 사회적으로는 부족국가에 이르지 못한 하등 단계에 어울리는 표현이니 이를 구별하지 않은 이영훈 전 교수의 표현은 그가 속한 종족의 수준을 알게 해줍니다.

중국의 한족漢族은 수많은 민족이 문화적으로 결합된 族족일 뿐 한 핏줄이 아닙니다. 우리 민족도 한 겨레, 한 핏줄이 아닙니다. 우리 민족의 이름도 하나가 아니지요. 중국에서는 조선족이라고 하고, 러시아에서는 고려인이라고 합니다. 일설에 따르면 단군신화의 호랑이를 토템으로 섬기는 예濊족도 우리 민족이고, 곰을 토템으로 하는 맥貊족도 우리 민족입니다. 중국의 역사서에서는 동이족이라고 하였습니다. 배달의 민족이라는 말도 있습니다. 백의白衣민족이라고 하기도 하고, 한恨의 민족이라고도 합니다. 민족의 이름이 무척 헷갈립니다. 공식적으로는 한韓민족이라고 합니다. 그런데 한韓민족에는 역사성이 없습니다. 민족의 대동단결을 위하여 역사성이 있는 이름을 찾아야 할 것입니다. 민족의 이름을 찾으려는 노력은 중국에 종속된 조선 초기부터 억압되었습니다. 조선을 건국한 이성계는 여진족이었으니 그 시점에서 민족의 자존이 제대로 무너졌습니다. 민족의 자존은 그 이름을 회복하면서 시작된다고 믿습니다. 이름을 회복하는 것과 더불어

경주 안압지에서 출토된
치우천왕의 형상

우리 민족이 어떤 깃발 아래 생사를 같이했는지, 그 깃발이 어떤 문양이었는지 알아야 합니다. 주역의 팔괘와 도교의 태극 문양을 그린 태극기는 우리 민족과 아무런 연관이 없습니다. 현재 태극기를 제대로 그릴 줄 아는 사람이 몇 %나 되겠습니까. 태극기의 팔괘와 태극을 이해하는 국민이 있기는 합니까? 썰자는 중국 전설 속의 황제[2]와 싸웠던 전쟁의 신 치우천왕[3]의 문양과 고구려 주몽의 삼족오 문양이 우리 민족의 깃발 문양이었다고 생각합니다. 매를 형상화한 백제의 나투羅鬪도 민족의 문양이라고 합니다. 현재 치우천왕은 대한민국 축구 국가 대표팀 응원단의 상징인 붉은악마로 변신하여 부활하였습니다. 치우천왕을 되살린 붉은악마가 자랑스럽습니다. 이제 삼족오와 나투의 부활을 기다려봅니다. 흰 바탕에 하늘색 한반도가 그려진 한반도기를 보면 무심함이 느껴집니다. 그 무심함에 민족의 문화 수준이 엿보이는 것 같아 썰자는 부끄럽습니다.

    旂언이 깃발을 앞세운 공동체임을 확인시켜주는 글자로는 여행

2　중국 전설 속의 성군인 삼황오제 중의 한 사람인 황제는 黃帝라고 쓰고, 진시황의 황제는 皇帝라고 씁니다.

3　치우는 네 개의 눈, 여섯 개의 손, 구리로 된 머리, 쇠로 된 이마를 가진, 요괴와 같은 모습으로 금으로 만든 무기를 사용하였고, 안개를 뿜어낼 수 있는 초능력을 가지고 있어서 전쟁에 탁월하였다고 합니다.

을 뜻하는 旅려가 있습니다. 旅려는 부족을 상징하는 깃발을 뜻하는 㫃언에 사람들이 무리를 지어가는 모습을 담은 从종을 더한 글자로, '깃발을 앞세우고 무리를 지어가는 군대'를 뜻합니다. 旅려 속에 从종이 잘 안 보이지요. 旅려의 갑골문 속에서는 从종을 쉽게 볼 수 있습니다. 에서도 从종이 안 보이면 이 책은 더 읽을 수 없습니다. 가 으로 변하였다가 로 변하고, 마침내 旅려가 된 것이라고 합니다. 평균 수명이 30살도 채 안 되었던 옛날에 요즘과 같은 낭만적인 관광여행은 없었겠지요. 부족 간의 전쟁을 위하여 이동하거나, 새로운 삶의 터전을 찾아서 부족 전체가 이동하였을 것입니다. 그러한 모습을 담고 있는 旅려는 본래 '이동'을 뜻합니다. 생사를 건 이동입니다. 이렇듯 㫃언은 생사고락을 같이하는 삶의 공동체를 뜻합니다.

施시는 생사고락을 같이하는 삶의 공동체를 의미하는 㫃언에 여성을 뜻하는 也야를 더하였습니다. 也야는 천자문의 끝 구절인 焉哉乎也언재호야로 익숙한 글자이지요. 也야에 대하여 뱀을 상형하였다거나, 주전자를 상형하였다는 네이버 한자사전의 견해는 근거가 없기에 무시하겠습니다. 수천 년 전 만들어진 한자가 무엇을 상형하였는가는 그 글자의 쓰임새를 보면 추론할 수 있습니다. 也야가 포함된 글자를 보면 땅을 뜻하는 地지, 암소를 뜻하는 牠타, 어머니를 뜻하는 牠자와 嬭나, 아가씨를 뜻하는 她타 등 대부분이 여성의 의미를 품고 있습니다. 설문에는 也야는 여성의 생식기를 상형한 글자라고 하였습니다[4]. 설문체 🖎를 보면 여성의 Y존이 연상됩니다[5]. 여성의 Y존을 묘사한 也야는 여자를 뜻합니다. 여성 비하적 표현이라고 할 수 있지만, 생사를 같이하는 부족 공동체에서 여자는 먹거리를 나누고, 자식을 키우며, 남자들을 위로하였습니다. 공동체를 뜻하는 放언에 也야를 더한 施시는 공동체에서 헌신하는 여성들의 나눔과 베품을 의미하는 글자입니다. 이제 시원에게 그의 이름이 갖는 의미를 말해주겠습니다. 시원아, 너의 작명作名된 이름은 생명의 근원이 되는 물줄기를 뜻하는 源원과 생사를 같이하는 공동체에의 헌신을 의미하는 施시로 이루어졌다. 공부된 깊은 마음에서 우러난 헌신이어야 한다. 함부로 헌신하지 말아라. 마음과 다르게 상황에 떠밀려 헌신하였던 영웅들은 슬프다. 천안함의 영웅은 참

4　女陰也。象形。

5　也야는 '또한, 역시'의 의미로, '~이다'는 어조사로 쓰입니다. 쉽게 말하면 말 끝마다 也야를 쓴다고 할 수 있는데, 也야가 여성의 Y존을 상형한 상스러운 단어임을 생각하면 중국어는 그 내면이 상당히 상스럽다고 할 수 있겠습니다.

으로 슬프다. 공부된 깊은 마음에서 우러난 너의 헌신을 볼 수만 있다면, 너는 아빠의 자랑이 될 것이다. 네가 아빠의 자랑이 되었을 즈음, 네가 기명起名하는 이름을 아빠에게 말해주거라. 현재 아빠가 기명起名하는 이름은 썰자 우종태란다.

聰氣 글해

聰^총은 소리를 들으려는 귀를 상형한 耳^이에 궁금하고 급한 마음에 창문 밖을 내다보는 모습을 표현한 悤^총으로 썰림. 悤^총은 창문을 뜻하는 囪^창에 마음을 뜻하는 心^심으로 썰림. 聰^총은 집 밖의 사정이 궁금하여 모든 감각을 동원하여 살피는 모습임. 온 감각을 동원하여 살피니 '귀가 밝다', '똑똑하다'라는 의미가 있음.

氣^기의 갑골문은 三기임. 하늘과 땅을 뜻하는 二에 그 사이를 흐르는 공기의 흐름을 뜻하는 -을 더하여 공기를 표현함. 숫자 三^삼과 구별하기 위하여 금문은 气기로 변함. 일반적으로 아는 氣^기는 气기에 사람이 먹는 음식을 뜻하는 米^미를 더하여 음식을 먹고 소화시켜서 나오는 방귀와 트림을 표현하였음. 흔히 지역의 유력자를 가리켜 '방귀 꽤나 뀌는 사람'이라고 하는데, 그때의 방귀 氣^기는 하늘과 땅 사이를 채웠던 气기를 농한 것임. 현재 우리는 气와 氣를 모두 氣로 쓰고, 중국은 气로 쓰고 있음.

作^작은 사람을 뜻하는 亻^인과 잠깐을 뜻하는 乍^사로 썰림. 乍^사는 갑골문 ﾉ^사는 도끼로 나무를 다듬어 문양을 새겨 넣는 모습을 표현함. 作^작은 잠깐 사이에 사람이 만든 것을 뜻함.

起^기는 '달리다'라는 의미의 走^주와 몸을 뜻하는 己^기로 썰림. 走^주의 금문 ﾁ^주는 고개를 젖히고 힘껏 달려가는 모습이고 己^기는 본래 결승문자의 의미였으나, 결승문자를 사용하지 않게 된 후에는 구부린 사람의 모습으로 이해되어 몸을 뜻함. 고로 起^기는 '구부려 앉아 있던 사람이 자리를 박차고 일어나 달린다.'라는 의미임.

名^명은 어두운 밤을 뜻하는 夕^석과 말하는 입을 표현한 口^구로 썰림. 설문에 따르면 짙은 어둠으로 얼굴을 구분할 수 없는 밤에 서로를 구분하기 위하여 이름을 불렀기에 名^명이 '이름'을 뜻하게 되었음.

源^원은 바위 언덕에서 솟는 샘을 표현한 原^원이 '출처', '기원' 등의 의미로 사용되자 샘 솟는 본래의 의미를 위하여 물을 뜻하는 氵^수를 더한 글자임. 原^원의 금문 ﾝ^원에는 샘 솟는 모양이 잘 그려짐.

施^시는 부족의 상징을 담은 깃발을 뜻하는 㫃^언과 여성을 뜻하는

我

也^야로 썰림. 깃발은 생사를 건 이동 과정에서 부족의 단결을 위하여 세운 것이고, 그 아래에 모인 여성들은 부족민을 위하여 함께 베푸는 활동을 하였으니 施^시는 베풂을 뜻함.

族^족은 부족의 상징을 담은 깃발을 뜻하는 㫃^언과 전쟁 무기인 화살을 뜻하는 矢^시로 썰림. 생사를 걸고 같이 싸우는 공동체를 뜻함.

旅^려는 부족의 상징을 담은 깃발을 뜻하는 㫃^언과 사람들이 무리 지어가는 모습을 담은 从^종로 썰림. 旅^려의 갑골문 속에서는 从^종을 쉽게 볼 수 있음. 从^종은 무리를 지어 앞선 자를 좇아가는 모습이니 '좇다'를 뜻함. 旅^려는 깃발을 앞세우고 지도자를 좇아 이동하는 모습이니 '이동하다'라는 의미가 있으며, 현재는 여행을 뜻함.

아빠 없는 하늘 아래

　　썰자는 아버지가 돌아가신 후 제사와 차※례를 드리지 않고 있습니다. 제사는 신령이나 죽은 사람의 넋에게 음식을 바치는 밤에 하는 의식이고, 차례는 조상에게 차를 바치는 낮에 하는 행사입니다. 돌아가신 후의 장례를 옛날 법도대로 한다면 염습을 하고 발인제를 드리고, 하관하기에 앞서서 제례를 올리고, 봉분을 만든 후 제사를 올려야 합니다. 초初상이지요. 초상을 치른 후 집안에 제청을 만들어 매일 상上식 올리기를 3년 동안 하여야 합니다. 3년상喪이지요. 3년 동안 상복을 입어야 하고, 술과 고기를 먹을 수 없으며, 성행위를 해서도 아니 됩니다. 직장도 그만두어야 했지요. 요즘 그렇게 할 수 있는 사람이 있나요? 썰자는 아버지를 화장으로 모셨으니 발인제로 상례를 마쳤습니다. 더 이상의 상례를 썰자의 머리로는 할 수가 없었습니다. 썰자가 왜 할 수 없다고 하는지, 썰자의 뇌주름에 새겨진 잡지식을 공개하겠습니다.

3년상은 고려 시대부터 시작된 문화로, 고려 말기에 정몽주가 3년간 묘소 옆에 움막을 짓고 시묘살이를 한 후로는 시묘살이도 3년상의 한 모습이 되었지만, 이런 모습을 공자가 보았다면 분수를 모르는 꼴값이라고 혀를 찼을 것입니다. 공자의 어록인『논어』에는 3년상에 관한 내용이 있지만[6], 공자는 춘추전국 시대의 제후들을 상대로 말하였다는 점을 잊으면 안 됩니다. 공자는 일반 백성을 상대했던 사람이 아닙니다. 지역에서 방귀 좀 뀌고 산다는 사대부 계급도 상대하지 않던 사람입니다. 다만 신분이 천한 자라도 돈을 가지고 오면 상대하였습니다. 공자의 제자인 자사가 저술하였다는 『중용』에는 서민과 선비, 대부, 천자를 구별하여 대부는 일년상, 천자는 3년상이라고 하였으니 공자가 말한 3년상은 천자의 상喪례입니다. 그런데 공자가 살던 춘추전국 시대의 제후들은 모두 천자의 흉내를 내고 있습니다. 공자는 그 꼴도 보기 싫어하였습니다. 천자

---

6   『논어』에서 공자가 3년상에 관하여 '夫三年之喪 天下之通喪也'라고 재아에게 말한 부분은 후세의 위작이라는 분석이 있습니다.

들의 흉내를 내고 싶어서 3년상을 하는 제후들도 있다 보니 3년상이 몹시 불편하였을 것입니다. 3년상을 치르는 동안 고기와 술, 여자를 가까이해서는 안 된다고 하니 어떤 제후가 3년상을 제대로 지키겠습니까. 흐지부지하였을 것입니다. 공자로부터 2백여 년이 지난 맹자의 시대에는 3년상을 치르는 군주가 한 명도 없었다고 하였습니다.

그런데 공자와 맹자로부터 2,000년이 지난 후의 조선은 달랐습니다. 정몽주가 3년 시묘살이를 하여 불붙인 3년상의 유행은 조선이 유교를 기반으로 하여 건국된 후 장례의 기본으로 『경국대전』에 규정되어 법률적 근거를 갖고 사대부들에게 시행되었습니다. 오랑캐로 여기던 만주족7의 청나라가 들어선 후로는 오랑캐와의 차별을 위하여 예법을 더욱 발전시켜나갔습니다. 이후 장례 절차에 관한 문제로 당파 간의 권력 싸움으로 번졌으니 바로 예송禮訟논쟁이 그것입니다. 첫 번째 예송禮訟 논쟁에서는 효종의 장례에 효종의 어

---

7   청나라를 세운 홍타이지와 조선을 세운 이성계는 같은 여진족이었습니다. 홍타이지의 아버지인 누루하치는 조선을 부모의 나라로 섬겼는데, 홍타이지는 정묘호란을 일으켜 형제관계로, 병자호란을 일으켜 군신관계로 바꾸었습니다. 홍타이지는 자기 종족의 이름을 여진족에서 만주족으로 개명하였습니다.

머니가 상복을 1년 입어야 할 것인지, 3년 입어야 할 것인지로 싸우다가 서인이 주장한 1년으로 정리되었고 서인들이 정권을 잡았습니다. 두 번째 논쟁에서는 효종 비의 장례에 효종의 어머니가 상복을 9개월간 입을 것인지, 1년 입을 것인지로 싸우다가 남인들이 주장한 1년으로 정리되어 남인들이 정권을 잡았습니다. 예송禮訟에 내세운 논리는 되짚어볼 어떠한 가치도 없는 것이기에 살펴보지 않겠습니다. 아무리 왕과 왕비라고 하지만 자식이나 며느리가 죽었는데 그 어머니가 상복을 1년 입을지, 3년 입을지를 두고 유학자들이 목숨을 걸고 싸웠다니, 놀랍기만 합니다. 또한 그 싸움을 시조시인으로 유명한 윤선도와 조선이 배출한 최고의 유학자로 불리는 송시열이 주도했다는 것도 놀랍습니다. 상례의 기본이 효에서 시작된 것을 몰각한 그들의 유학에 진정성이 있는 것인지 의심합니다.

허례의 예송禮訟논쟁과 달리 조선의 사대부를 비롯한 민간에서 치르던 토착화된 3년상은 수메르의 제사문화와 인도의 윤회 사상, 대승불교 및 민간 무속 신앙이 혼합되어 구성되었습니다.

수메르문명은 구약성서의 아브라함이 살았던 메소포타미아 지역에서 발원한 문명입니다. 수메르인들은 지금의 이라크 남부

지역에서 기원전 5,000년경부터 문명을 일구기 시작하여 기원전 3,300년경에는 인류 최초로 문자를 사용하고 도시를 만들었습니다[8]. 수메르인들은 많은 신화를 창작했습니다. 신화 속에는 신들이 등장하지요. 그 신들을 지구라트Ziggurat에 모시고 제사를 드렸는데, 신들의 수를 헤아리기 힘들 정도였다니 지구라트도 수백 개를 넘었습니다. 그중의 하나가 바빌론의 지구라트 바벨탑입니다. 구약성서 창세기 11장에 인간이 도시를 만들고 하늘에 닿는 바벨탑을 쌓으려고 하자 야훼가 인간들의 언어를 뒤섞어 놓아 서로 통하지 못하게 하였다는 내용이 기록되어 있습니다. 불경이든 성경이든 경전은 믿음으로 읽어야 합니다. 사실로 읽으면 믿음이 깨집니다. 바벨탑을 아무리 오래 잡아도 기원전 1,000년 전에 세워졌을 것이니, 인간의 언어가 기원전 1,000년까지는 서로 통하다가 그때에 비로소 야훼의 능력으로 언어가 뒤섞

지구라트의 모습

8   수메르문명의 수메르인들이 한민족이라는 황당하고 끈질긴 주장이 있습니다. 주장의 논거가 되는 『환단고기』는 BC 2333년 단군이 개천하던 시대에는 존재하지 않았던, 후대의 한자로 쓰인 위작입니다. 쓰인 용어도 단군 시대에는 존재하지 않았던 도교적 용어입니다.

여 통하지 않게 되었다는 성경의 기록은 믿음의 대상일 뿐 사실과는 다릅니다. 지구라트를 만들고 수많은 신에게 제사를 지내는 수메르인들의 신앙은 전차를 몰고 다니는 히타이트인들을 통하여 페르시아를 거쳐 인도로 전파됩니다. 히타이트인들은 인도유럽어족으로 분류되는 아리아인입니다. 철제 무기를 들고 전차를 탄 아리아인의 여러 부족은 인더스강을 건너 인도로 몰려가 원주민인 드라비다족을 노예로 삼고 도시를 건설하였습니다. 아리아인들은 노예를 지배하기 위하여 엄격한 신분제도인 바루나⁹를 만들었습니다. 수메르인의 영향을 받은 아리아인들은 부족마다 신이 달랐고, 신의 수는 헤아릴 수 없이 많았습니다. 아리아인들이 만든 신들은 우리에게도 많이 알려져 있습니다. 난장판을 뜻하는 아수라장과 만화 영화의 악당인 아수라 백작도 아리아인들이 만든 신 아수라와 연결되어 있습니다. 아수라는 조로아스터교¹⁰의 절대신 아후라

---

9 흔히, 카스트제도라고 알려져 있습니다. 바루나는 색을 뜻하는 말이므로 피부색에 의해 신분을 나눈 제도입니다. 백인인 아리아인을 지배계급으로 하였습니다.

10 조로아스터교는 인류 최초의 체계적인 종교로 영국 록 밴드 퀸의 보컬인 프레디 머큐리가 신앙하였던 종교입니다. 머큐리는 사후에 제작된 영화 '보헤미안 랩소디'로 더욱 유명해졌습니다. 니체의 소설 『차라투스투라는 이렇게 말했다』의 주인공 차라투스투라는 조로아스터교의 창시자입니다.

마즈다에 어원을 두고 있습니다. 초기 문명의 종교는 짬뽕에 짬뽕이 거듭되면서 발전하였습니다. 수메르의 다신교와 조로아스터교의 절대신 사상에 영향을 받은 아리아인들에 의하여 태양신 수리야, 목축의 신 퓨샨, 선의 신 미트라, 전쟁의 신 인드라 등 삼라만상이 모두 신격화되었습니다. 다신교의 브라만교, 힌두교가 탄생하게 됩니다. 저항 없는 노예제도를 위하여 신분은 신들에 의하여 만들어진 것으로 세뇌되었습니다. 신들에 의하여 계급이 만들어졌으니 신을 모시는 승려들이 가장 높은 계급인 브라만이 되었습니다. 승려는 당연히 아리아인입니다. 점령자인 아리아인의 부족장들은 지주가 되었는데, 지주들도 당연히 브라만입니다. 브라만들은 세상 만물의 모든 변화 시기마다 순조로운 변화를 기도하여 신들에게 제사를 올렸습니다. 제사를 받는 신은 적게는 33신이고 많게는 3,333신이었습니다. 브라만은 신들을 아주 까다롭게 대하였습니다. 어떤 신이 어떤 것을 좋아하고, 어떤 것을 싫어하는지 세세하게 구분하였습니다. 제사를 지낼 때에 어떤 신에게는 장작을 어떤 나무로 해야 할지에 대한 것도 엄격하게 구분했습니다. 세세하게 구분될수록 제사를 지켜보는 하위계급은 자신들의 무지를 탓하며 브라만에 대한 두려움과 복종심을 갖게 되었으니, 제사의 복잡한 절차는 종교적 경외감을 끌어내기 위한 사기술이었다고 할 수 있습니다. 사기라는 말이 불편하게 느껴질 독자들을 위하여 제사의 예를 들어 보겠습니다. 브라만들은 해가 뜨기 전에 제사를 지내면서 제사를 지내지 않으면 해가 뜨지 않을 것이라고 하였습니다. 어처구니없지요. 하지만 인도의 브라만들은 지금도 해를 띄우기 위하여 새벽 제사를 지내고 있습니다. 설마 그럴까라는 생각이 드는 분들은 비교해보시기 바랍니다. 새벽에 정화수를 떠놓고 남편과 자녀를 위하여 조왕신竈王神에게 빌던 조선 아낙네들의 신앙은 어디서 온 것일까요. 한국 기독교의 새벽 기도회와 불교의 새벽 예불도 마찬가지 아닐까요?

브라만의 사기술은 인도의 토속 신앙인 윤회 사상과 만나게 됩니다. 사람이 죽으면 신의 심판을 받고 다시 태어나게 되는데, 변화의 시기마다 무난하게 연착륙하기를 신에게 빌어야 하는 브라만의 신앙에 따르면, 윤회의 방향을 정하는 심판의 순간은 반드시 신에게 제사를 지내야 할 중요한 전환점이 됩니다. 아까도 말했지만, 제사는 브라만들의 권력 창구입니다. 제사가 많아질수록 권력이 커지므로 브라만들은 자신들의 권력을 키우기 위하여 죽은 자를 심판하는 신의 수를 늘렸습니다. 흔히 알고 있는 염라대왕을 포함하여 평등대왕, 도시대왕, 전륜대왕 등 심판하는 신이 열이 되었습니다. 열 신을 통칭하여 명冥부시왕이라고 하는데, 명冥부시왕에게 비는 복이 윤회의 복, 명冥복입니다. 그러니 윤회를 부정하는 기독교, 천주교 등의 신자들이 '명冥복을 빕니다'고 말하는 것은 신앙과 어울리지 않습니다. 죽은 자는 7일마다 각각의 신 앞에 불려가 심판받기를 7번 하여 최종적인 심판을 받습니다[11]. 브라만들은 심판을 받을 때마다 좋은 결과를 얻기 위해서는 자신들에게 제사를 맡겨야 한다고 가르쳤는데, 제사를 맡기는 비용으로 많은 돈을 요구하였습니다. 귀족들이 아니고서는 그 돈을 감당할 수 없었습니다. 대중적인 지지를 받기 힘든 요구였습니다. 열 신의 번잡한 심판은 중국에 불교의 모습으로 전래되면서 간소화되었습니다. 7일마다 행해지던 7번의 심판을 49일 만에 하는 단 한 번의 심판으로 줄어들었습니다. 그때에 행하는 제사인 듯 제사 아닌 재가 49재齋입니다[12]. 소와 말 등 가축을 잡아서 제물로 바치는 대신 승려들

11　7일마다 심판을 받는다고 하는데, 7일의 개념은 수메르문명에서 만들어져 모든 문명으로 퍼졌습니다.

12　『조선왕조실록』에는 49재에 관한 기사가 단 한 번 있습니다. 49재는 七齊칠재로 표현되었습니다. 연산군이 성종의 상 중에 七齊칠재를 올렸는데, 이를 부당하다고 하는 대관들을 부관참시하는 등 엄벌하였습니다.

이 북과 악기를 연주하고, 염불을 외우거나 불경을 읽고 춤을 추었습니다. 49재를 지낸 후 죽은 자의 대부분은 심판을 받아 윤회하게 됩니다. 윤회하여 어디로 가는지는 알 수가 없습니다. 그런데 전생의 죄로 복잡한 자는 49일이 지나도 심판이 끝나지 않아 구천을 떠돌게 됩니다. 그자는 죽은 후 100일이 되는 날에 다시 신 앞에 불려가 심판을 받습니다. 그때의 심판에 좋은 결과가 있기를 바라며 올리는 제사가 졸곡제卒哭祭입니다. 졸곡제卒哭祭를 마치고도 윤회하지 못하는 자는 죽은 후 1년 뒤에 다시 신 앞에 불려가서 심판을 받습니다. 그때의 제사가 소상小祥입니다. 1년 만에 지내는 제사이니 제물을 많이 준비하였나 봅니다. 소나 양羊을 잡아서 바쳤습니다. 상祥에는 양羊이 그려졌습니다. 소상小祥을 거쳤지만 윤회하지 못하고 구천을 떠도는 조상을 위하여 1년 뒤 마지막 심판이 있는데, 그때에 맞추어 지내는 제사가 대상大祥입니다. 대상을 거쳐도 윤회하지 못하는 조상이 있다면 그 조상은 악귀가 되어서 구천을 떠돈다고 합니다[13]. 죽기 전에 지은 죄가 너무 많은 탓이겠습니다. 이쯤 해서 3년상을 되짚어 보면, 3년상은 저지른 죄가 많은 조상이 구천을 벗

13　졸곡제와 소상, 대상은 유가들의 표현입니다. 공자가 귀신을 믿지 않았기에 유가들은 제사의 이유를 열 신의 저승 시왕들 심판과 연계하지 않습니다.

어나 새로운 세상으로 윤회하기를 바라는 마음으로 치르는 제사입니다. 사람 목숨을 파리 목숨처럼 여기며 무소불위의 권력을 행사하던 대부와 천자는 죄가 많을 것이니 심판받는 데 오랜 시간이 소요되기에 명冥부시왕을 모두 만나야 할 것이니 1년상 또는 3년상을 치러야겠지만 죄가 없는 자는 죽은 후 일주일 만의 첫 심판에 새로운 세상으로 윤회하겠지요. 그러니, 썰자의 생각에, 죄가 없는 자의 상례는 초상으로 족하되 조금 찜찜하면 죽은 후 일주일이 지날 때 즈음하여 지내는 삼우제를 한 번 더 지내면 되겠습니다. 썰자는 아버지의 초상을 치른 후 어떠한 제사도 지내지 않았습니다. 아버지는 찜찜할 것 하나 없이 선하게 사셨습니다. 흔한 욕 한마디도 하지 않으셨으니까요.

3년상喪은 브라만의 사기술이 복잡한 제식으로 폼 잡기 좋아하던 중국의 유가들에게 전해져서 만들어진 허례입니다. 그런데 브라만의 사기술은 여기서 멈추지 않았습니다. 제사를 더 늘리기 위하여 죽은 조상들도 신과 더불어 제사를 받게 논리를 짜내었습니다. 4대 봉사奉祀의 제사문화입니다[14]. 인도의 우파트샤드에 기록

---

14   유교의 5대 봉사는 브라만의 것을 변형하여 4대조인 고조할아버지까지는 개별 봉사하고 5대조인 현조 이상의 조상은 시제로 합사하였습니다. 조선의 『경국대전』에는 6품 이상

된 바에 따르면 죽어서 4대 봉사를 받은 이는 수미산[15]보다 더 높은 곳에 있는 하늘나라인 스바르가svarga에 올라가 영원한 복락을 받게 되는데, 그 중간에 대가 끊기면 영원히 윤회하는 영겁의 고통을 겪게 된다고 합니다. 아버지, 할아버지, 증조할아버지, 고조할아버지까지 봉사해야 4대 봉사입니다. 제사를 지내는 자도 죽을 것이고, 죽어서 4대 봉사를 받게 되면 영원한 복락을 받게 되니, 4대 봉사는 조상을 위한 제사이기도 하지만 자신을 위한 제사가 됩니다. 제사는 조상 숭배의 탈을 썼지만, 자신을 위한 기복행위입니다. 아들이 대를 이어가며 제사를 지내야 하니 당연한 결과로 아들이 선호되었습니다. 여자의 탓으로 아들을 못 낳으면 씨받이를 들여서라도 아들을 낳아야 합니다. 남자의 탓으로 아들을 낳지 못하면 외간 남자를 들여서라도 아들을 낳아야 합니다. 사후 세계의 영원한 복락을 위해서라면 혈통이나 순결은 뭉개져도 상관이 없었습니다. 아들을 낳지 못하여 대가 끊긴다는 옛말, 제사가 끊기면 죽어서 조상

의 문무관은 3대조인 증조할아버지까지, 그 이하 관료는 2대조인 할아버지까지, 일반 평민은 아버지까지만 제사를 지내도록 규정하였으나 일반적인 관례는 4대 봉사였습니다.

15　수미산은 인도 전설 속의 산으로 '오묘하고 높다'는 뜻을 가진 산스크리트어 'sumeru'를 번역한 것이라고 한다. 수메르인의 영향입니다. 서유기의 현장법사가 손오공을 데리고 다녀온 곳입니다.

을 볼 면목이 없게 된다는 옛말이 브라만의 사기술에서 비롯되었다고 생각하니 헛웃음이 납니다. 이제 3년상喪을 치르는 집안은 전혀 없고 4대 봉사를 하는 집은 명문가의 종가 정도에 그치니 그나마 다행입니다.

제사 그 자체가 우리 문화 속에서 사라져가고 있습니다. 그런데 제사를 지내지 않겠다고 하는 사람들의 내심을 보면 문화적으로 교양되지 못하여 제사를 지내지 않는 것에 당당하지 못합니다. 조상에게 미안해하는 모습이 적지 않습니다. 미안해하지 마십시오. 미안해하는 것은 수미산 꼭대기에 있다는 하늘나라에 대한 미련입니다. 알량한 제사의 대가로 영원한 복락을 바라는 파렴치입니다. 썰자는 죽어서 수미산 꼭대기에 오를 생각이 전혀 없고, 썰자의 아버지와 할아버지도 수미산을 탐하지 않았으니 제사를 지내지 않는 것에 대한 거리낌이 없습니다.

이 책은 글契 공부를 위한 책입니다. 글 공부를 위해서 제사를 뜻하는 祭제와 祀사를 구별해 보겠습니다. 49재齋에 쓰인 齋재도 썰어보겠습니다.

祭제와 祀사, 齋재 세 글자 모두 제단의 모양을 담은 示시를 포함하고 있습니다. 시示는 제물을 신에게 보여주는 제단이므로 '보이다'를 의미합니다. 시示가 다른 글자에 포함될 때에 제사와 관련된 의미를 가지며 礻 의 모양으로 쓰기도 합니다. 齋재에서 시示 를 보려면 내공이 있어야 합니다. 잘 보이지 않는 독자를 위해서 재齋의 금문을 보여드리겠습니다. 𣱾이 재齋의 옛 글자입니다. 𣱾의 왼쪽에 시示가 보이지요. 𣱾의 오른쪽에 보이는 㐁은 무엇을 뜻하겠습니까. 많은 사람이 제단 앞에서 춤을 추는 모습입니다. 재齋의 이체자로는 亝, 𪗄, 㜺이 있습니다. 이체자를 보면 원래의 모습이 엿보이기도 합니다. 재齋의 이체자들에서 공통적으로 보이는 厶사는 남성의 성기를 표현한 글자로[16] '사사롭다'라는 의미가 있습니다. 厶사를 남성의 성기로 보면 亝, 𪗄, 㜺은 많은 남자가 알몸으로 성기를 드러낸 모습입니다. 알몸이 어색한가요? 기우제를 알몸으로 지내는 문화는 흔합니다. 인도의 카주라호에 있는, 수십 개의 힌두교와 자이나교의 사원에는 알몸의 남녀가 서로 엉키어 엽기적인 자세로 성행위를 하는 모습의 조각상이 무척 많습니다. 제대로 된 옷을 구하기 힘든 시기였다고 생각하면 알몸은 자연스럽습니다. 사전적 의미로 재齋가 윗도리를 뜻하기도 합니다. 아랫도리는 벗었기 때문

16　조선의 실학자 이규경이 저술한 『오주연문장전상고』에 厶사는 남성의 성기라고 기재되어 있습니다.

일까요? 목욕재^齋계한다는 말을 들어 보았을 것입니다. 목욕재^齋계에서 재^齋는 벗은 몸의 모습을 담고 있습니다. 하지만 현재 그런 뜻으로 쓰인 경우는 없으니 재미로만 알아두시기 바랍니다. 재^齋의 가장 흔한 용례는 서재^{書齋}입니다.

祭^제에서 제단을 뜻하는 示^시는 쉽게 보입니다. 나머지 부분은 제단에 제물을 올리는 모습입니다. 祭^제에서 제물을 올리는 모습이 보이지 않는 독자들을 위하여 청동기에 새긴 금문 祭^제를 보여드리겠습니다. 옛날에는 제사가 많았으니 글자로도 祭^제를 많이 쓰였습니다. 그래서 금문으로 제에 해당하는 글자는 𤔔, 𥚁, 𥛉 등 상당히 많습니다. 그중에서 祭^제와 모양이 비슷한 𥛉를 썰어보면, 제물로 쓰이는 고기를 뜻하는 𠔼과 제단인 𥘅, 제물을 바치는 사람의 손을 그린 又로 나뉩니다. 𥛉는 소와 말 등 가축을 잡아서 바치는, 성대하게 지내는 제사를 뜻합니다.

祀^사는 참혹하고 잔인한 글자입니다. 示^시와 巳^사로 썰어 볼 수 있습니다. 巳^사는 대개 '뱀'을 상형한 글자라고 하는데, 갑골문 𠃌, 𠃌 등을 보면 손과 발이 제대로 발육되지 않은 태아의 모습입니다. 태아를 뜻하던 巳^사가 십이간지의 하나로 가차되어 뱀을 뜻하게 되자 태아를 뜻하는 자로 包^포가 만들어졌습니다. 그런데 包^포가 '싸다'라는 의미로 사용되자 태아를 뜻하는 글자로 胞포가 또 만들어졌습니다. 그러니 巳사는 뱀이 아니라 태아입니다. 제단을 뜻하는 示시와 태아를 뜻하는 巳사로 구성된 祀사는 참혹하고 잔인한 글자입니다. 옛날의 제사에서는 인신공양이 흔하였습니다. 인신공양을 생각하면서 祀사의 의미를 추론하려니 속이 니글거립니다. 공양미 삼백 석에 팔려간 심청이도 인신공양의 제물이었습니다. 아브라함은 이삭을 제물로 바치려고 하였습니다. 1380년 왜구들이 5백 척의 배로 고려의 바닷가를 침략하여 저지른 일에 관한 내용이 『조선왕조실록』에 다음과 같이 기록되어 있습니다. "왜구들이 '2~3세 되는 계집아이를 사로잡아 머리를 깎고 배를 쪼개어 깨끗이 씻어서 쌀·술과 함께 하늘에 제사'를 지내다." 쳐죽일 놈들입니다. 祀사는 은나라 시대에 새해를 맞이하면서 태아를 제물로 바치는 참혹한 제사였습니다. 새해라는 의미와 태아의 의미가 통한다고 생각했을까요? 그것이 문화였을까요? 새해에 드리던 제사를 의미하는 祀사는 새로운 일을 시작할 때에 지내는 고사告祀의 모습으로 오늘날에도 계속되고 있습니다.

祭제와 祀사, 齋재 세 글자에 대한 글담을 마쳤는데, 祀사에 담긴 참혹한 모습에 속이 니글거립니다. 그래서 썰자는 제사祭祀라는 말이 정말 싫습니다.

삶에 있어서 장례는 가장 중요한 통과의례입니다. 통과의례 중 가장 종교적입니다. 아버지는 죽음이 기다리는 병상 생활 중 전도 활동을 하는 분으로부터 질문을 받았습니다. "신을 믿으시는지요?" 아버지는 정신이 혼미해지는 가운데에서도 분명하게 말씀하셨습니다. "나 자신도 믿지 못하는데, 무엇을 믿겠습니까." 아버지는 집안의 관습적인 제사와 차례는 주관하셨지만, 평생 종교적인 행위를 하지 않으셨습니다. 썰자는 청년 시절 기독교회를 다녔지만 기독교회가 떠받드는 예수를 믿지 않았습니다. 성경을 보면서도 행간만을 읽으려고 했습니다. 아버지의 말씀처럼 나 자신을 믿지 못하고 있습니다. 믿는 것은 아버지와 어머니였는데, 아버지를 잃으니 하늘이 무너졌습니다. 하지만 세상의 모든 아버지가 그렇듯이, 썰자 스스로 아들딸의 하늘이 되어야 하니 썰자는 천붕天崩에도 불구하고 무너지지 않습니다.

茶經 글해

茶^차, ^다는 '나'를 뜻하는 余^여와 풀을 뜻하는 艹^초로 썰림. 余^여의 금문 余은 기둥을 하나 세워서 지붕을 얹은 좁고 초라한 집의 모습임. 황제에 대하여 속국의 왕들이, 왕들에 대하여 제후들이 스스로 낮추어 余^여라고 하였기에 余^여는 '나'를 뜻하게 되었음. 그러니 스스로를 余^여라고 칭하는 자들은 귀족들이었고, 이로부터 余^여는 관리의 상징인 부절^{符節}을 뜻한다고 해석되기도 함. 아무튼 余^여는 귀족을 뜻하니 茶^차, ^다는 귀족들이 물에 풀어 마시는 풀을 가리킴.

初^초의 갑골문 初는 야만인들을 포획한 후 옷을 입혀 노예로 삼았는데, 노예가 문명의 옷을 처음 접하는 순간이라 처음을 뜻함. 初^초 중 사람을 그린 ⟨의 모양이 칼을 그린 刀^도와 옷을 만들 때는 칼질을 시작하여야 해서 처음을 뜻하게 되었다는 견해도 있음. 그런데 初^초에 '만들다'라는 의미가 전혀 없으니 初^초에 어울리는 견해가 아님.

上^상의 갑골문 上^상은 숫자 二^이와 비슷한데, 上의 갑골문 上는 위

가 짧고 二^이의 갑골문 ♠^이는 위아래의 길이가 같음. ♠^상
은 땅을 의미하는 ━에 '위'를 의미하는 를 더하여 '위'를
뜻하였다. 그 후의 설문체 ⫛^상은 '위'를 뜻하는 ♠에 '올라
가다'라는 의미의 부호로 ↑를 더하여 '위로 올라가다'를
뜻함.

喪^상의 금문 ✿은 뽕나무에 가득히 누에가 가득 매달린 모습을
그린 ✿에 사람을 그린 ⫷와 '가다'라는 의미 ↘로 쓰림. 뽕
나무의 누에들이 뽕잎을 갉아먹어 뽕나무가 죽듯이, '사람
이 늙어서 기력이 다해 죽었다.'라는 의미임. 기력을 잃은
늙은 사람이 죽지 않기에 때려서 안락사시키는 것은 故^고
이고, 전쟁에 끌려가서 죽은 것은 卒^졸이며, 도망갔기에 죽
은 셈 치는 것은 亡^망이라 함.

冥^명의 갑골문 ⫸^명은 진시황의 병마용처럼 권력자가 죽은 후에
살게 될 지하 궁전을 짓는 모습을 표현하였다는 견해가 있
음. 지하 궁전을 파는 어리석음을 비웃어 '어리석다'라는
뜻이 있음. 현재의 冥^명은 달이 보름달이 된 후 그믐달을
향하여 기울고 있다는 의미의 旲^측과 '덮다'라는 의미의 冖
^멱으로 쓰림. 점점 밤이 어두워지는 상황이므로 '어둡다'를

뜻함. 명상冥想, 청명靑冥, 명복冥福 등에 쓰임.

祥상은 제단을 뜻하는 示시과 제물로 올려진 양을 뜻하는 羊양으로 쓰림. 제단은 신에게 보여주기 위하여 제물을 펼쳐 놓은 곳이므로 示시는 '보이다'를 뜻함. 제단에 올리는 제물에 따라 술을 올리는 모습의 福복, 풍성하게 이것저것을 올리는 禮례, 고기를 바치는 祭제, 사람을 제물로 바치는 祀사 등이 구분됨.

齋재의 금문 枛은 사람들이 제단 앞에서 춤을 추는 모습임. 齋재의 이체자로는 兪, 丝, 帟이 있는데 남성이 성기를 표현한 厶사를 공통하고 있음. 제단 앞에서 남성들이 나체로 춤을 추는 모습임. 알몸으로 기우제를 지내는 문화는 흔함. 한자가 만들어지던 시기의 중국 기후는 덥고 습한 아열대 기후였음. 재齋의 가장 흔한 용례는 서재書齋임.

訟송의 갑골문 吅은 두 사람이 마주하여 말로 시비하는 모습임. 금문 𧷴을 쓰면 '공평하다'라는 의미가 있는 八공과 권력자 즉 판관의 이미지가 담긴 𠂤언으로 쓰림. 현재의 訟송과 같은 구성이 됨. 판관이 공평하게 시비를 가리는 모습임.

아바타, 부활

썰자가 알기로는, 중동 지역에 흔했던 이름이 몇 있습니다. 우리네 영희와 철수에 버금가는 이름으로 예수가 그렇습니다. 한 동네에 예수라는 이름을 가진 사람이 한두 명씩 있었다고 합니다. 예수가 한창 유명해지고 있을 때에 동명이인인 예수들은 어떤 느낌이었을까요. 홍길동이나 손오공의 아바타처럼 예수를 흉내 내는 동명이인은 없었을까요? 예수가 처형되었을 때는 어떠했을까요? 예수가 처형된 후에도 아바타들이 활동했다면 그들의 활동은 부활의 영감이 되지 않았을까요? 썰자는 공생애公生涯 속의 예수와 예수의 부활을 창작해 낸 초대 교회의 사도들의 열정과 창의력에 대해서는 존경심을 갖고 있지만, 예수의 부활은 믿지 않습니다. 중국 혁명의 아버지라고 불리는 손문도 "나는 기독교회가 만든 예수를 믿지 않는다. 나는 오직 혁명가 예수의 정신을 믿는다."라고 하였습니다.

조금 낯설겠지만, 예수에 버금가는 부활의 주인공을 소개하겠습니다. 예수 외에 부활의 전설을 갖고 있는 역사적인 인물로는 불교 선종의 창시자인 달마[17]가 있습니다. 인도에서 태어난 달마는 동쪽의 중국으로 건너와 소림사에서 9년간 면벽 수련을 한 끝에 깨달음을 얻게 됩니다. '달마가 동쪽으로 간 까닭은?'이라는 영화가 국제영화제에서 각종 상을 받으며 많은 사람의 이목을 끌었는데, 영화를 통하여는 달마가 왜 동쪽으로 갔는지 알 수 없었습니다. 제목에 낚였습니다. 사실 달마가 실존했었는지도 확인되지 않고 있으니 달마가 동쪽으로 간 이유를 어떻게 알겠습니까. 하여튼, 달마에 관한 전설에 의하면 달마의 깨달음은 혜가가 물려받았습니다. 혜가는 달마의 가르침을 받기 위하여 달마 앞에서 자신의 왼팔을 잘라 흐르는 피로 달마 앞에 있는 하얀 눈을 붉게 물들여 달마를 감

---

17 달마는 푸른 눈을 가진 아리아인입니다. 달마는 아리아인들이 믿고 따르는 자연의 섭리, 규범을 뜻하는 다르마의 한자 표기입니다. 달마에 의하여 수메르문명과 황하문명이 본격적으로 교합합니다.

동시켰다고 합니다. 엽기적이
지요. 면벽하여 깨달은 것이 얼
마나 대단한 것이기에 팔을 자
르면서까지 배움에 집착하였을
까요? 집착과 깨달음은 상극입
니다. 깨달음은 스스로 깨우칠
뿐 배우는 것이 아니라고 생각
합니다. 하여튼, 가르침을 받기
위하여 팔을 잘라 외팔이가 된
혜가. 그를 존경하는 소림사의

부활한 달마

승려들은 지금도 합장을 할 때 외팔이처럼 한 손만 들어 올립니다.
영화 '신소림사'에서 유덕화와 판빙빙이 헤어질 때 유덕화의 합장
이 그러합니다. 눈물을 머금은 판빙빙이 예뻐서 그런지 몇 번을 보
아도 질리지 않는 장면입니다. 신소림사의 주제곡 悟오는 작사, 작
곡, 노래를 모두 유덕화가 하였다고 하는데, 불교 경전에 버금가는
깨달음을 담고 있습니다. 잘생기고 노래도 잘하며, 깨달음조차 깊
으니 하나님이 공평하지 않음을 절감하게 하는 인물입니다. 새로
운 불교 선종을 창시한 달마는 기존의 불교에 심취한 당대의 풍운

아 양나라 무제와 대립하였습니다. 양 무제는 주흥사로 하여금 천자문[18]을 만들게 하고, 단주육문斷酒肉文의 포고령을 내려 승려들의 육식을 금지하여 현재까지도 영향력을 갖고 있는 대단한 사람입니다. 달마 또한 불교를 믿는 집안에는 그림만으로도 악귀를 내쫓는 신통력이 있다는 달마도가 하나씩은 있을 만큼 현재까지도 신통한 영향력을 갖고 있는 대단한 사람이지요. 달마와 무제의 대립은, 결과를 뻔하게 예상할 수 있듯이, 달마의 승리였습니다. 달마는 무제가 수만금의 공양을 하였지만 오히려 무제가 불교에 심취하여 국고를 탕진하니 공양으로 인한 공덕은 없다고 조롱하여 무제를 분노케 하였습니다. 조롱당한 무제는 아마도 달마를 죽이고 싶었겠지요. 무제의 마음을 알아챈 간신배들이 달마를 독살하였습니다. 그런 사실을 아는지 모르는지 무제는 달마의 죽음을 애도하며 후하게 장례를 치르고 시신을 웅이산에 묻어 주었습니다. 그런데 장례를 치르고 3년째 되던 해 위나라의 사신 송운이 페르시아에 갔다

---

18 최초의 천자문은 조조의 아들인 위나라 문제가 종요에게 명하여 만들었다고 합니다. 종요가 조비의 미움을 샀는데, 조비는 종요에게 3일 안에 천자문을 지으면 살려 줄 것이고 아니면 죽을 것이라고 하여 지어졌다고 합니다. 『삼국지연의』에는 조비가 조식에게 일곱 걸음을 걷기 전에 시를 짓지 못하면 죽일 것이라고 하여 시를 짓게 하는 장면이 나오는데 그 시가 바로 유명한 칠보시입니다.

가 귀국하는 길에 파미르 고원에서 짚신 한 짝을 지팡이에 꿰어 어깨에 메고 서쪽 인도로 돌아가는 달마를 보았다고 합니다. 송운이 귀국하여 위나라 왕에게 그 사실을 전하니 왕이 달마의 묘를 파보게 했는데 빈 관에 나머지 짚신 한 짝만 있었다고 합니다. 그 소식을 들은 양 무제는 달마의 묘에 석비와 묘탑을 세워서 공덕을 기렸다고 합니다. 부활하는 신통력에 천하의 대인배인 양 행세하던 무제의 심장도 쪼그라들었나 봅니다. 달마도를 가진 독자는 그림을 다시 보시기 바랍니다. 달마도 넷 중의 하나는 지팡이에 짚신 한 짝을 매달고 있습니다. 달마의 부활을 상징하는 그림입니다.

예수의 부활은 구원을 주는 신앙이 되었고, 달마의 부활은 악귀를 쫓는 부적이 되었습니다. 그런데 만약에 우리 주변의 인물이 무덤을 열고 부활한다면 어떻게 받아들이겠습니까? 그도 구원이 되거나 부적이 될 수 있을까요? 천안함이나 세월호의 안타까운 젊음이 부활한다면 반갑게 맞을 수 있겠지만, 수명을 다하신 경우도 그럴 수 있을까요? 썰자는 아니라도 분명히 말할 수 있습니다. 스티브 잡스는 "나는 죽음이야말로 삶의 가장 위대한 발명품이라 생각한다. 중요한 것이 무엇인지 확실히 깨닫게 해주고 우선순위를 정해주기 때문이다."라고 하였고, 도스토예프스키는 "죽음을 의식하는 것은 인생을 축복으로 바꾸는 것"이라고 했습니다. 톨스토이는 "삶을 깊이 이해하면 할수록 죽음으로 인한 슬픔은 그만큼 줄어들 것입니다."라고 하였습니다. 죽음을 부정하는 부활에 대한 소망은 삶에 대한 이해가 부족하기에 갖는 소망이라고 생각합니다. 예수와 달마의 부활을 창작한 자들은 삶에 대한 이해가 부족한 대중에게 죽음의 두려움을 씻어주는 부활을 팔았고 대중의 영혼을 거두어들였습니다.

꿈에서 아버지를 뵈었습니다. 아버지가 살아오셨습니다. 떠나실 때의 병색은 보이지 않았지만 늙고 지친 모습이셨지요. 아파트 현관에서 아버지를 마주한 썰자는 잠깐 반가워했습니다. 무척 보고 싶었는데, 웬일인지 반가움은 아주 잠깐이었습니다. 금세 놀라는 마음이 되어 여쭈었습니다.

'아버지, 어떤 일이세요. 어떻게 오셨어요.'

'그냥 왔어. 쉬고 싶다.'

'아버지, 어떻게 그냥 와요. 지금 그 몸으로 오시면 또 가셔야 하는데, 어쩌시려고 오셨어요.'

썰자는 살아서 돌아오신 아버지를 현관에 서서 막고 있었습니다. 아버지는 지친 듯 몸을 벽에 기대었습니다. 아버지를 더 대할 수 없었습니다. 현관에 기대신 아버지를 뒤로하고 길을 나섰습니다. 어둠이 덮인 길, 공포에 질린 사람들이 알 수 없는 곳으로 뛰고 있었고, 썰자도 뛰었습니다. 알 수 없는 곳으로 뛰었습니다. 그러다 꿈에서 깨었습니다.

부활은 신의 아들인 예수와 부적의 화상인 달마에게 어울립니다. 평범한 삶에서 부활은 필요하지 않습니다. 평범한 삶은 현관을 기준으로 세상과 가정이 구분되어, 세상이 아무리 어둡고 거칠다 하여도 현관을 지나서 들어가는 가정에서 위로와 평온을 누릴 수 있다면 족하다고 생각합니다. 아버지는 따뜻한 가을 햇살로 가득한 아파트 거실에 놓인 침상에 누워 요플레 하나를 맛나게 다 드신 후 어머니와 누나, 간병인이 소란스럽게 웃고 떠들며 아침 준비하는 소리 속에 평안히 웃는 모습으로 떠나셨습니다. 아름답게 떠나셨습니다. 썰자는 아파트 현관에서 부활하신 아버지를 막고 버텼습니다. 떠나신 분입니다. 현관은 집의 안과 밖을 구분하는 곳으로 현관을 통과할 수 있는 사람과 통과할 수 없는 사람이 구분됩니다. 아버지를 현관 안으로 들일 수가 없었습니다.

독자분들 중 현관을 한자로 어떻게 쓰는지를 알고 계신 분이 있는지요. 현관이라는 말의 쓰임은 모두가 알고 사용하지만 한자로 어떻게 쓰는지 알고 있는 분은 거의 없더군요. 玄關^{현관}이라고 씁니다. 현관玄關은 우리 생활 속에 스며든 가장 도교적인 말입니다. 노자의 『도덕경』에서는 현관은 현빈지문玄牝之門으로 표현되었지요. 노자는 엉뚱하게도 현빈玄牝을 천지의 근원이라고 하였습니다. 그런데 현빈을 일반적으로는 '현묘한 암컷'이라고 해석합니다. 암컷이 왜 현묘하고 천지의 근원이 되는지는 좀 더 생각해 볼 필요가 있지만, 현관의 밖과 안에서 암컷과 수컷의 영향력이 다른 것은 사실이지요. 현관의 안으로 들어오면 가정이고, 그 가정은 암컷이 지배하며, 현관 밖의 세상은 수컷이 지배합니다. 이러한 해석에 대하여 페미니즘적인 시각 때문에 발끈하는 독자가 있다면, 그분에게는 2,500년 전의 문장을 그 시대 사람의 눈높이에서 해석한 것이라고 변명하겠습니다. 불가에서는 현관을 '참선으로 드는 어귀'의 뜻으로 사용하고 있습니다. 그 용법에 따라 현관을 해석하면 '가정으로 드는 어귀'가 됩니다.

조금 다른 시선으로 玄關^{현관}을 썰어보겠습니다. 글자를 쓰는 것은 썰자가 변호사 업무가 아닌 것들 중에서 가장 잘하는 일입니다. 일반적으로 玄현을 '검을 현'이라고 외우지만 이는 '멀고 그윽하다'라는 의미로 많이 쓰이는 글자입니다. 한자로 '검다'라는 의미가 있는 글자는 玄현, 黑흑, 黎려 등이 있는데, 검은 정도가 다 다릅니다. 黑흑은 불을 피워 검게 그을린 정도의 검은색이고, 黎려는 희미하게 날이 밝을 무렵을 표현하는 여명黎明에 쓰이는 자로 희미하게 밝은 정도의 검은 색을 가리킵니다. 玄현의 설문체 ㅎ현은 활시위에 걸어 놓은 시위줄을 상형한 글자입니다. 활에 매달아 놓은 시위줄에 송진이나 옻나무 진액을 발랐는데 그로 인해서 검붉게 된 정도의 검은색을 가리킵니다. 玄현, 黑흑, 黎려 중 黑흑은 오염되고 더럽혀져서 검게 된 것이니 黑흑에는 부정적인 의미가 있습니다. 활시위로 쓰이던 현이 현악기의 玄현으로 쓰이면서 현악기의 오묘한 소리 덕에 현은 '오묘하다', '아득하다'라는 의미를 갖게 됩니다. 이쯤 해서 다시 현玄빈을 살펴볼까요. 玄현이 현악기의 현이고 빈은 암컷을 뜻하니 현玄빈은 현악기처럼 오묘한 소리를 품고 있는 농익은 암컷을 뜻하거나, 암컷을 악기처럼 다룬다는 것을 의미하지 않을까 싶습니다. 대단한 경지에 이른 수컷이 암컷을 악기처럼 다루겠지요. 농익은 신음소리가 들릴 듯합니다. 약간은 음란하게 들릴 수 있습니다. 그래서 그런지 玄현은 개원의 치를 이룬 명군이었지만 말년에 글래머러스한 양귀비에 빠져서 헤매다 안록산에게 처맞으며 황제의 자리에서 쫓겨난 당나라 황제 이융기의 묘호인 현^玄종에 쓰인 글자입니다. 양귀비는 이융기의 며느리였는데 27세가 되던 해에 며느리에서 시아버지의 귀비로 자리바꿈을 합니다. 사랑에 눈이 멀면 부자지간에도 거리낄 것이 없었나 봅니다. 그 당시 황후가 없었기에 양귀비는 황후에 버금가는 권력을 행사했습니다. 그녀는 권력에 아부하던 늠름하고 잘생긴 절도사 안록산을 보고는 사랑에 눈이 멀어 그를 양아들로 삼고 놀아납니다. 이융기는 친아들의 아내를 뺏었다가 양아들에게 다시 빼앗긴 꼴이 되었지요. 대단합니다.

이제 關^관에 대하여 알아보겠습니다. 현빈지문^門의 문^門이 關^관입니다. 關^관은 '빗장 관'이라고 새기지만, '세관', '통관' 등에 쓰이듯이 국경이나 요지에 세워진 통로를 뜻합니다. 關^관의 주나라 대 금문^鬬, 鬬^관은 문^門에 쇠고리를 걸고 있는 모양이고, 춘추전국 시대의 關^관은 쇠고리에 빗장을 더한 모양입니다. 쇠고리에 빗장을 건 모습이 예서체에서 絲^관으로 변하였습니다. 絲^관의 모양이 '실'을 뜻하는 糸^사와 비슷하다고 하여 베틀의 북에 실을 꿰는 모양이라고 하는 견해가 있는데, 絲^관이 포함된 聯^련의 설문체 련을 보면 실을 꿰는 모습이 보이기도 합니다. 전쟁을 할 때에 전공을 증명하기 위하여 적을 죽인 후 귀를 짤라서 실에 꿰어 보관하였습니다. 자른 귀를 연이어서 꿰었으니 '연잇다'를 뜻하고, 귀를 합하여 놓은 모습이므로 '합하다'라는 뜻도 있습니다. 絲^관의 뜻을 쇠사슬에 빗장을 거는 모습으로 이해하든 베틀의 북에 실을 꿰는 모습으로 이해하든 문^門에 絲^관을 더한 關^관은 성문을 굳게 닫아 걸고 허가된 사람만 출입하는 것을 표현한 글자이므로 '닫다'를 의미합니다. 허가된 사람은 관계를 맺은 사람이므로 '관계하다'라는 의미도 있습니다. 현^玄빈을 농익은 암컷으로 이해하면 '굳게 닫힌 문을 열어준다.'라는 의미가 있는 關^관은 수컷을 받아들이는 암컷의 성기가 되겠습니다. 동물계의 수컷 중 암컷을 품지 못하고 생을 마감하는 비율이 90%를 넘는다고 합니다. 암컷의 성기로 묘사된 현관은 아무나 들어올 수 있는 곳이 아닙니다. 현빈에 의하여 허락된 자만이 들어갈 수 있습니다.

현^玄빈을 농익은 암컷으로 해석하는 것에 마음이 불편한 독자들을 위하여 『도덕경』의 원문을 소개합니다. 谷神不死^{곡신불사} 是謂 玄牝^{시위현빈}. '골짜기의 신은 죽지 않았으니 이를 일컬어 현빈이라고 한다.'라고 일반적으로 풀이하는데, 골짜기와 계곡은 무엇을 연상시킵니까. 사람마다 연상되는 것이 다르고, 노자의 『도덕경』을 공부하는 사람들은 골짜기가 도^道를 의미한다고 하지만, 일반적인 남자의 짓궂은 시선으로 골짜기는 여성의 Y존을 은유합니다. 노자도 谷^곡과 牝^빈을 선택하면서 Y존을 연상하였을 것입니다. 『도덕경』은 2천여 년 전부터 수많은 사람에게 읽히며 성스럽게 포장되었습니다. 좀 더 어렵게 해석하여 튀려고 했던 현학자들의 취향에 맞는 모호한 표현들이 수많은 해석을 낳았습니다. 노자가 현학자들의 『도덕경』풀이 내용을 보면 아마 자신도 이해하지 못하는 해석 때문에 놀라지 않을까 싶습니다.

꿈에서 썰자는 玄關^{현관}으로 들어오려는 아버지를 막아섰습니다. 썰자는 죽은 후에 다시 태어나는 것을 바라지 않습니다. 의학 기술로 생명이 자연을 넘어 확장되는 것도 싫습니다. 손오공의 분신처럼, 아바타로 복제되어 살아남는 것은 더더욱 싫습니다. 아바타는 산스크리트어로 신의 화신을 뜻합니다. 하나님의 분신인 예수도 결국은 죽었습니다. 끝나지 않는 드라마는 드라마가 아니듯이 죽음이 없는 삶도 삶이 아닙니다.

玄絃 글해

玄^현의   설문체 **ㅎ**^현은 활시위에 걸어 놓은 시위줄을 상형한 글자
임. 강한 시위줄을 만들기 위하여 시위줄에 송진이나 옻나
무 진액을 발랐는데 그로 인해서 검붉게 된 정도의 검은색
을 가리킴. 활시위로 쓰이던 玄^현이 시위줄과 유사한 현악
기의 줄을 가리키는 玄^현으로 쓰이면서 현악기의 오묘한
소리 덕에 '오묘하다', '아득하다'라는 의미를 갖게 됨.

黑^흑의   금문 **黑**^흑은 사람의 얼굴과 몸에 문신을 한 모습임. 노예들
과 죄를 지은 사람들의 얼굴을 달구어진 쇠붙이로 지져서
문신을 하였음. 이마에 문신을 새기는 형벌을 묵형^{墨刑}이
라고 함. **黑**^흑은 죄인들의 모습을 담고 있으므로 부정적인
의미가 있음. 설문체 **黑**^흑은 불에 탄 재를 온몸에 바른 모
습이라고 함. 검은 재를 발랐으므로 **黑**^흑은 검게 그을린 정
도의 검은색을 가리킴.

黎^려는   옛사람들이 주식으로 먹던 볏과 식물인 기장을 뜻하는 黍
^서와 곡물을 수확하는 모습을 담은 利^리의 옛글자인 秒^리로

60

썰림. 黍서와 秒리에는 벼를 뜻하는 禾화가 겹쳐 있음. 기장을 수확할 때에 이삭의 색이 검은색을 띤 황색이어서 黎려는 검은색을 의미함. 새벽의 여명黎明과 같은 색임.

關관의   주나라 때 금문은 閒, 闌관은 문門에 쇠고리를 걸고 있는 모양이고, 춘추전국 시대의 關관은 쇠고리에 빗장을 더한 모양임. 쇠고리에 빗장을 건 모습이 예서체에서 絲관으로 변하였음. 문門에 絲관을 더한 關관은 성문을 굳게 닫아 걸고 허가된 사람만 출입하는 것을 표현한 글자이므로 '닫다'를 의미함. 허가된 사람은 관계를 맺은 사람이므로 '관계하다' 라는 의미도 있음.

물리적 하나님

"태초에 하나님이 천지를 창조하시니라. 땅이 혼돈하고 공허하며 흑암이 깊음 위에 있고 하나님의 영은 수면 위에 운행하시니라. 하나님이 이르시되 빛이 있으라 하시니 빛이 있었고 빛이 하나님이 보시기에 좋았더라." 창세기의 1장 3절입니다. 멋진 문장입니다.

빛이 있으라 하시니 빛이 있었다는 창세기의 창조 신화는 현대 물리학의 빅뱅 이론과 궤를 같이한다고 합니다. 빅뱅 이론에 의하면 우주의 폭발인 빅뱅은 137억 년 전에 있었고, 최초의 빛은 빅뱅 후 38만 년이 지난 때인 137억 년 전에 만들어졌으며, 지구는 45억 년 전에 만들어졌다고 합니다. 창조 신화가 빅뱅과 궤를 같이한다는데, 지구의 역사가 6천여 년에 불과하다고 알고 있던 창세기의 저자들이 빅뱅을 알고 있었을까요? 아니겠지요. 그들이 빅뱅을 알고 있었다면, 그들은 외계인이었겠지요. 지구가 사각형의 땅덩어리라고 믿던 때의 작품인 창세기의 천지창조 신화가 빅뱅 이론과 궤를 같이한다고 설명되는 이유는 로마가톨릭교회의 사제가 빅뱅 이론을 만들었기 때문이겠죠. 로마가톨릭교회의 사제인 르메트르 신부가 1927년 논문 「일정한 질량을 갖지만 팽창하는 균등한 우주를 통한 우리 은하 밖의 성운들의 시선 속도의 설명」을 통하여 빅뱅 이론을 발표하였다. 그 이론에 대하여 아인슈타인은 "당신의 계산은 옳지만, 당신의 물리는 말도 안 됩니다."라고 하였습니다.

물리학자들은 빅뱅 이론을 더욱 발전시켜 우주가 150억 년 전에는 원자보다 더 작은 점에서 출발하였다고 합니다. 특이점이라고 하는데, 특이점은 현대 물리학의 모든 법칙이 전혀 맞지 않는 시공간으로 이해되었습니다. 모든 물리 법칙을 포기한 이해가 신앙이지 과학이겠습니까. 팽창하는 우주는 또 다른 공간을 전제로 하는데 그 공간은 무엇일까요? 현재까지는 '모른다'가 물리학의 답입니다. 우주의 끝이 어딘지도 모릅니다. 물리학은 이 세상의 물질을 구성하는 가장 작은 단위에 대해서는 뭐라고 할까요? 가장 작은 단위는 흔히 원자라고 하지만 원자는 화학원소로서의 특성을 잃지 않는 범위에서 도달할 수 있는 최소입자입니다. 그 범위를 벗어난 최소입자로는 양성자, 중성자가 있다고 하였는데, 양성자 중성자를 이루는 쿼크와 렙톤이 이론적으로 개념이 정립되었습니다. 쿼크와 렙톤은 상호 작용으로 양성자와 중성자를 구성하는데 그 상호 작용이 어떠한지는 전혀 모르고 있습니다. 우리가 만지고 보는 물질을 초미세 단위로 들어가 살펴보니 물질은 없고 작용만 있다는 말입니다. 다름 아닌 색즉시공色卽是空입니다[19,20]. 작용이 사라지면 물질도 사라질까요? SF 영화 속에서는 사라집니다. 사라진 것이 다시 나타날 수 있다면 공즉시색空卽是色입니다. 물리학적인 측면에서 우리는 큰 것도 모르고, 작은 것도 모른다고 할 수 있습니다. 하지만 물리학자들은 모른다는 얘기를 하지 않습니다. 그들만의 상상력으로 큰 것과 작은 것의 이름을 짓고 그 이름으로 부를 수 있

---

19 色卽是空은 『반야심경』의 '色卽是空 空卽是色'에서 발췌된 용어입니다. '모든 존재는 연기의 법칙에 의하여, 여러 가지 요소가 모여서 형성된 것에 지나지 않기에 실체가 없다.'라는 의미입니다. 실체가 없기에 윤회와 열반이 가능합니다. 부파(소승)불교는 色卽是空은 신앙하지만 空卽是色은 인정하지 않습니다.

20 色卽是空 : Form is nothing other than emptiness

게 된다면 마치 김춘수의 '꽃'[21]처럼 그 이름을 통해서 모르는 것이 아는 것으로 바뀝니다. 똑똑하게 되는 것은 참 쉽습니다. 우주보다 큰 것은 판형으로 번져나가는 빅뱅이고[22], 원자보다 작은 것은 노벨 물리학상을 받은 피터 힉스의 이름을 딴 힉스입니다. 물리학자들은 세상의 모든 물질과 세상을 움직이는 힘이 16개의 입자와 이 모든 입자에 질량을 부여하는 힉스 입자로 구성되어 있다고 가정하면서 힉스는 물질에 질량을 부여한 후 사라졌다고 합니다. 16개 입자도 상상된 것이고, 힉스로 상상된 것이니 대단한 상상력입니다. 모든 물질에는 질량이 있는데, 물질에 질량을 부여하고 홀연히 사라지는 힉스, 그래서 힉스 입자는 신의 입자라고 합니다. 물리학자들은 상상하는 것에 그치지 않고 상상을 증명하여 물리로 변화시키려 합니다. 드디어 신의 입자 힉스도 증명했다고 우깁니다. 물리학자들에게 신은 물리적 작용일 뿐입니다. 그러니 인격적인 신

---

21 김춘수의 '꽃'은 '내가 그의 이름을 불러주기 전에는 그는 다만 하나의 몸짓에 지나지 않았다. 내가 그의 이름을 불러주었을 때, 그는 나에게로 와서 꽃이 되었다'로 시작되는 시입니다.

22 우주가 팽창하는 것은 다른 공간으로 퍼져나가는 것이 아니라 풍선이 커질 때 풍선 표면의 점과 점이 서로 멀어지듯이 공간이 새롭게 생기면서 퍼져나가는 것이라고 예를 듭니다. 풍선이 팽창할 때에 팽창의 중심이 없듯이 우주의 팽창에도 중심이 없다고 합니다.

은 이 우주에 존재하지 않는다고 간단히 정리할 수 있습니다. 대단하지요. 물리학자들의 상상에는 벽이 없습니다. 물리학자들의 거침없는 상상이 재미있기는 하지만 아인슈타인의 표현을 패러디하여 그들에게 이렇게 말해주고 싶습니다. '당신의 상상은 재미있지만, 당신의 물리는 말도 안 됩니다.'

지적인 인간이 가장 불편해하는 것은 이해하지 못하는 것입니다. 이해하지 못하는 것은 두려움의 대상으로 바뀝니다. 털 없는 원숭이들은 이해하지 못하는 것을 억지로라도 이해하기 위하여 신이 등장하는 신화를 만들어냈습니다. 신화는 꼬리에 꼬리를 물고 이어지면서 인간의 상상력을 자극하였고, 삶을 변화시켰습니다. 신과의 소통을 통하여 털 없는 원숭이들은 인간이 되었습니다. 그런데 현대 물리학은 인격적인 신을 거세하고 있습니다. 빛보다 빠르게 팽창하는 우주에서 신이 무엇을 할 수 있겠습니까. 물질에 질량을 부여하고 사라진 힉스가 신이라면 신은 천지창조와 함께 사라졌어야 합니다. 물리학은 무신론의 토대가 되고 있습니다. 썰자는 교회가 만든 신을 믿지 않지만, 물리학적 또는 진화론적으로 접근하는 무신론에는 동의하지 않습니다. 큰 그림으로 진화론을 보면 그럴듯하지만 세밀하게 보면 진화론은 막연한 상상에 지나지 않습니다. 의태와 변색을 살펴보겠습니다. 의태곤충은 눈의 위치상 자신의 몸을 볼 수 없습니다. 사람도 거울 없이는 자신의 등과 엉덩이, 뒷머리를 볼 수 없지요. 그런데 거울이 없는 의태곤충들이 주변의 나뭇잎이나 풀, 꽃 모양으로 몸을 변화시켰습니다. 돌연변이와 적자생존으로는 설명될 수 없는 놀랍도록 정교한 변화입니다. 진화로는 만들어질 수 없는 작품이니, 신의 장난이라고 할 수밖에 없습니다. 카멜레온의 변색은 현대 과학으로도 설명되지 않습니다. 빛을 반사하는 나노 단위의 피부층 2개를 조절하여 특정 색을 반사하는 방법으로 피부색을 변화시킨다는 가설만 있을 뿐이지요. 그런데 나노 단위의 초미세박막의 피부층이라면 너무 쉽게 닳아 없어지지 않겠습니까? 몸 전체의 피부색을 변화시키려면 카멜레온의 몸을 덮고 있는 초미세박막의 피부층을 구성하는 수백만 개의 나노 단위의 점과 점을 개별적으로 전기적인 신경 통제를 할 수 있어야 할 텐데, 이런 통제 능력이 어떻게 돌연변이로 만들어질 수 있겠습니까? 삼성전자가 앞으로 100년을 연구하면 카멜레온과 같은 색 표현을 할 수 있을까요? 아니라고 생각합니다. 카멜레온은 신의 작품입니다. 인간도 신의 작품이지요.

이제 物理물리를 썰어보겠습니다. 초미립자인 쿼크와 렙톤의 상호 작용과 색즉시공色即是空을 머릿속으로 조용히 비교해 보시면 느낄 수 있겠지만 전자현미경과 수퍼컴퓨터를 동원한 물리학자들이 연구의 벽에 부딪혔을 때에 떠올린 물리적 상상보다는 삼라만상의 본원에 관한 깨달음을 좇아 수십 년 정진한 수행자들의 통찰이 물리적으로 더 본원적일 수 있습니다.

物理물리가 무엇이지요? 자연현상의 보편적 법칙과 그에 따른 수리적 관계, 즉 '만물의 이치'를 줄여서 '물리'라는 단어가 만들어졌다고 합니다. 그럴까요? 흔히 쪽바리들이 개화기에 만든 단어라고 하는데, 『조선왕조실록』 태종 7년 3월 7일의 기사를 보면 "물리에 밝은 자를 택하여 농한기에 채굴하게 한다면, 거의 민생이 이루어지고 구하는 것이 얻어질 것입니다."라고 하였으니 조선 초에도 쓰인 단어이고, 명나라의 방이지는 『물리소식』을 저술하였으니 '물리'라는 단어가 쪽바리들의 작품이 아닌 것은 분명합니다. 쪽바리라는 말의 의미를 모르거나, 쪽바리라는 말이 불편하게 들리는 사람들은 이 책을 읽지 않으셔도 좋습니다.

物물이 어떤 의미인지 살펴보겠습니다. 物물은 소의 뿔을 강조하여 그린 牛우와 '물勿론'이라고 할 때의 勿물로 썰어볼 수 있습니다. 牛우에서 소의 뿔이 보이지 않는 분을 위하여 牛우의 금문 ♈을 보여드립니다. ￥는 우리나라 황소의 뿔이 아니라 동남아시아에서 볼 수 있는 물소의 뿔입니다. 한자가 만들어지던 즈음에는 중국의 자연환경이 동남아시아와 비슷하였을 것이라고 추정할 수 있습니다. 勿물의 갑골문 ∬을 썰어보면, ⎠은 활이고 ∖은 화살을 쏜 직후 부르르 떨고 있는 활시위를 짧은 두 개의 줄을 그려 표현하였습니다. 그러니 勿물은 활을 쏘는 모습을 담고 있습니다. 무엇인가를 죽이려고 활을 쏠 것이니, 勿물에는 '죽이다'라는 의미가 있습니다. 소를 뜻하는 牛우와 '죽이다'라는 의미의 勿물로 이루어진 物물의 자형적 의미는 '소를 죽이다'가 됩니다. 유목민들에게 소는 무한한 사랑과 희생을 주는 어머니와 같은 동물입니다. 유목민들은 생활에 필요한 모든 것을 소를 비롯한 가축에서 구하였습니다. 소는 살아 있는 동안 젖과 똥을 나누어 주고, 죽어서는 뼈와 고기, 가죽, 털, 피로 유목민의 생활을 풍족하게 해 주었습니다. 그러니 소를 죽인다는 것은 생활에 필요한 모든 물건을 얻는다는 의미가 되어서, 소를 죽이는 모습을 담은 物물이 세상의 모든 물건, 만물을 뜻하게 되었습니다. 썰자의 썰이 믿기지 않는 분은 사전을 찾아보시기 바랍니다. 사전을 보면, 物물은 '만물'을 뜻합니다. 物물에는 세상의 모든 물건을 내려주는 소에 대한 유목민의 감사가 담겨 있습니다. 감사의 마음이 지나쳐, 힌두교에서는 소가 신의 성전이 되었습니다. 소의 똥에는 여신 락슈미가 살고 있고 가슴에는 스깐다, 이마에는 쉬바, 혀에는 사라스와띠, 등에는 야마, 우유 속에는 여신 강가가 살고 있다는 전설이 있습니다. 심지어 소의 울음소리에도 신들이 살고 있습니다. 세상의 만물을 뜻하는 物물에는 신이 숨어 있습니다.

理리는 어떤 의미일까 생각해 보겠습니다. 이발소理髮所의 의미를 떠올리면 쉽습니다. 이발소는 머리카락을 '정리하는 곳'일까요, '깎는 곳'일까요? 썰자는 '깎는 곳'이라고 생각합니다. 그런 생각으로 보면 理리에는 '깎는다'라는 뜻이 있습니다. 理리를 썰면 옥을 뜻하는 玉옥과 속을 뜻하는 里리로 썰립니다. 어디에서 '깎는다'는 의미가 나왔을까요?

玉옥과 石석은 구별하기가 쉽지 않지요. 옥석 구분俱焚을 잘해야 한다는 말이 있는데, 구분俱焚은 '함께 탄다'를 의미하므로, 옥석 구분俱焚은 '큰 재앙이 있을 때에 玉옥과 石석이 구분되지 않고 함께 희생된다.'라는 의미의 사자성어입니다[23]. 그러니 구분區分이라고 쓰

---

23 출처는『서경』으로, '곤강에 불이 붙으면 옥과 돌이 함께 탄다(火炎崑岡, 玉石俱焚)'라는 의미의 사자성어입니다. 천자문의 구절 중에 '옥은 곤륜산에서 나온다'라는 의미의 玉出崑崗(옥출곤강)이 있습니다.

면 안 됩니다. 옥석을 가려내지 못하던 '화씨의 벽' 이야기를 살펴보겠습니다. 초나라 사람 번화가 귀한 옥을 발견하여 여厲왕에게 바쳤습니다. 그런데 세공하던 옥공이 쓸데없는 돌이라고 하였기에 번화는 왕을 기만한 죄로 왼쪽 발이 잘렸습니다. 여厲왕이 물러나고 무왕이 즉위하자 번화는 다시 옥을 바쳤고, 옥공은 또다시 돌멩이라고 하였습니다. 번화는 나머지 발도 잘리게 되었습니다. 무왕이 퇴위하여 문왕이 즉위하였는데, 번화는 두 발이 잘리어 움직일 수 없으니 옥을 바치러 갈 수 없어서 슬퍼하였습니다. 문왕이 번화의 사정을 전해 듣고 번화의 옥을 가져다가 세공하였더니 티 하나 없는 천하 제일의 옥이 드러났다고 합니다. 이렇게 하여 발견된 옥은 진시황의 수중에 들어가 옥새로 만들어졌습니다.

옥은 원석을 세심히 깎아야 그 속에 숨은 옥을 발견할 수 있습니다. 理리에서 속을 뜻하는 里리에는 원석의 속에 있는 옥을 세공하기 위하여 깎아낸다는 의미가 있습니다. 돌멩이와 같던 옥을 세심히 깎아서 결을 살리며 세공하는 모습은 돌을 다스리는 모습이기도 하니 '다스리다'를 뜻하고 돌멩이 하나하나를 처리하여 옥으로 만드니 '처리하다'라는 뜻을 갖습니다. 玉옥과 石석을 가려내는 안목이 필요하고, 세심한 세공 끝에 玉옥을 살려내려는 노력이 필요합니다. 그것이 理리입니다.

物理물리는 신을 전제로 하고 있습니다. 신이 허락한 세상의 모든 만물을 옥석을 가려내듯이 구분하여 가치 있게 하는 것이 物理물리입니다. 옥석을 가려내지 못하는 물리학자들이 우주에서 인격적인 신을 거세하여 물리적인 신만을 남기는 것은 인간의 삶에 이롭지 않습니다.

𡆧 글해

色^색의   갑골문 ♘색은 무릎을 꿇은 사람 ♘과 서 있는 사람 ♘으로
      썰림. 두 사람이 친밀한 행위를 했다고 봄. 금문 ♘색은 두
      사람이 자세를 바꾸어 친밀한 행위를 하는 것이라고 함.
      설문에는 '얼굴에서 느껴지는 기운, 즉 안색'이라고 하였
      음. 성행위를 할 때 얼굴빛이 달라지니 '빛'을 의미함.

空^공은   암벽의 동굴에서 생활하던 사람들의 집을 표현한 穴^혈과
      기술자를 뜻하는 工^공으로 썰림. 工^공의 갑골문 ♘공은 석
      기에 구멍을 뚫는 모습이라고 하고, 금문 ♘공은 흙을 평평
      하게 문지르고 고르는 '흙손'의 모양을 상형하였다고 함.
      穴^혈은 자연 동굴이고, 空^공은 사람이 만든 동굴이라고 함.
      窟^굴은 손으로 후벼판 작은 동굴을 말함. 동굴은 비어 있으
      니 空^공은 '비다'를 뜻함. 자연 동굴에 물이 있는 것은 洞^동
      이라고 함.

物^물은   소의 뿔을 강조하여 그린 牛^우와 '물^勿론'이라고 할 때의 勿
      ^물로 썰림. 牛^우의 금문 ♘우는 물소의 뿔을 상형한 것으로

보임. 勿물의 갑골문 ⚚물을 썰어보면, ⼸은 활이고 ˖⼁은 화살을 쏜 직후 부르르 떨고 있는 활시위를 짧은 두 개의 줄로 표현한 것임. 활은 누군가는 죽이기 위한 도구이므로 勿물에는 '죽이다'라는 의미가 있고, 勿물에 牛우를 더한 物물에는 '소를 죽이다'는 의미가 있음. 유목민은 소를 죽여 생활에 필요한 모든 것을 마련하였으니 物물은 세상의 모든 만물을 의미함.

理리는 옥을 뜻하는 玉옥과 속을 뜻하는 里리로 썰림. 玉옥과 石석은 구별하기가 쉽지 않아서, 돌 같이 보이기도 하는 원석 상태의 玉옥을 잘 깎아야 그 속에 감추어진 귀한 옥을 드러낼 수 있다는 의미임.

玉옥의 갑골문 ⚊은 여러 개의 구슬을 끈으로 꿴 모양임. 王왕의 갑골문 ⚌왕은 부족장의 모습이 대부분이고, 금문 ⚎왕은 형벌의 도구인 도끼 모양이 대부분이고, ⚏왕과 같이 도끼를 봉황으로 장식하기도 하여 玉옥과 구별됨.

石석의 갑골문 ⚐석은 벼랑 끝에 돌이 매달려 있는 모양임. 중국의 장가계, 곤명 같은 곳에 가면 흔히 볼 수 있는 모습임. 혹자는 농사의 도구로 쓰이던 돌도끼를 뜻한다고 함. 옛

날에 돌은 농사의 도구로도 사용되고, 악기로도 쓰이는 등
용도가 다양했음.

굴레 벗기

썰자는 고민합니다. '나는 누구일까?' 흔한 질문이지만, 쉽게 대답하는 사람이 없습니다. 언어도단言語道斷이기에 그렇습니다. 진리는 언어와 문자를 초월한다고 합니다. 언어도단言語道斷은 흔히 '어이가 없다'라는 의미로 사용되는데, 불가에서는 도저히 표현할 수 없는 심오한 진리를 언어도단言語道斷이라고 합니다. 나를 깨달은 경지, 그 경지를 언어도단言語道斷의 경지라고 합니다. 그 경지에서 산은 산이 되고, 나는 내가 됩니다. 나는 아무것도 아닙니다.

言語道斷언어도단의 言언을 썰어보겠습니다. 言언의 갑골문 ⚒은 형벌을 가하는 도구를 상형한 ⵍ신과 말하는 모습을 담은 ⊔구로 나누어집니다. ⵍ신은 해서체에서는 辛신으로 모양이 바뀌었고, 맵다는 의미로 사용됩니다. 신라면의 辛신입니다. 매운맛은 미각이 아니고 피부에 가해지는 자극에 아프다고 느끼는 통증입니다. 형벌을 받으면 매우니, 형벌은 맵습니다. 매서운 형벌이라고 하지요. 형벌은 권력에 의하여 내려지므로 辛신은 권력입니다. 辛신에 권력자가 말하는 모습을 담은 口구를 더한 言언은 '말씀'입니다. 하나님이 말씀으로 이 세상을 창조하였듯이 권력자는 '말씀'으로 다스립니다. 言언은 설문체 言언으로 변하여 현재 言언으로 쓰이고 있습니다. 현대 사회에서 言언은 언론으로 대표되는 권력입니다.

言언보다 무서운 것이 音음입니다. 言언과 音음의 글자 모양은 상당히 비슷합니다. 설문체 音음과 言언을 비교하면 言언의 口구가 音음에서는 曰왈로 바뀌었는데, 口구에 혀의 모습이 더해져 曰왈이 되었습니다. 혀의 모습에는 중요한 의미가 있습니다. 권력자가 言언, 즉 말씀으로 다스릴 때는 권력자와 피지배자 사이에 언어가 통하였습니다. 권력이 더 강해지면서 이민족들이 복속되었는데, 이민족은 권력자의 말씀을 알아듣지 못합니다. 권력자의 표정과 말투를 보고, 혀의 움직임을 보면서 권력자의 의중을 짐작하여야 했습니다. 音음은 권력자와 말이 통하지 않는 이민족의 입장에서 만들어진 권력자의 소리를 가리키는 글자입니다. 알아들을 수 없는 소리이기에 답답하였을 것입니다. 권력자와 말이 통하지 않는 두려움과 답답함이 瘖^음에 담겨 있습니다. 통하지 않는 의미의 瘖^음에 해를 상형한 日^일을 더한 暗^암은 해가 가리워져 빛이 통하지 않는 어둠을 뜻합니다. 소통이 되지 않는다는 의미의 瘖^음에 마음을 뜻하는 心^심을 더한 意^의는 말을 알아들을 수 없는 권력자의 의지를 표정을 통하여 짐작해 보는 의미이니 '뜻'을 의미합니다. 뜻을 이해하지 못하는 의미의 瘖^음에 말씀을 뜻하는 言^언을 더한 諳^암은 뜻을 이해하지 못하고 들은 그대로 옮겨서 말하는 모습이니 '외우다'를 뜻합니다. 문자의 사용이 힘들었던 옛날 사람들은 외우는 능력이 뛰어났습니다. 인도의 베다문학은 모두 외워서 전승되었고, 초기의 불경 또한 외워서 전승된 것이 중국에 전파되면서 한자로 번역되었습니다.

言語道斷^{언어도단}의 語^어는 권력자의 의지가 담긴 言^언에, '나'를 뜻하는 吾^오로 나뉩니다. 吾^오가 '나'를 뜻함을 이해하려면 심오深奧하게 살펴야 합니다. 중국인에게 五^오는 아주 특별한 숫자입니다. 그들은 오행, 오악, 오곡, 오음, 오륜, 오복 등 세상의 모든 것을 다섯 가지로 나누어 설명합니다. 우주 만물은 다섯 가지(木^목, 火^화, 土^토, 金^금, 水^수) 운이 순환하는 질서 속에 있다고 생각하였으니 五^오는 질서를 뜻합니다. 五오가 질서를 뜻한다니 선뜻 받아들여지지 않습니다. 오伍와 열, 대오隊伍 등에 사용되는 伍오는, 군인들이 질서 있게 선 줄을 뜻합니다. '다섯'의 의미는 없습니다. 질서를 뜻하는 五오와 말하는 의미의 口구로 이루어진 吾오는, 내용을 갖추어 차분하게 말하는 것을 의미합니다. 내 안의 생각이 차분한 말로 표현되어 나오는 모습이니 吾오는, '나'를 뜻합니다. '吾等오등은 茲자에 我아 朝鮮조선의 獨立國독립국임과 朝鮮人조선인의 自主民자주민임을 宣言선언하노라'. 이처럼 독립 선언서의 첫 구절 첫 글자가 吾오입니다.

吾오에 마음을 뜻하는 心심을 더한 悟오는 '나를 느끼는 마음'이 되니 '깨달음'을 뜻합니다. 손오悟공의 悟오입니다. 吾오에 말씀을 뜻하는 言언을 더한 語어는 내가 하는 말씀이 되겠습니다. 두 글자로 이루어진 한자 단어들은 대가가 같은 듯 다른 글자로 구성되었습니다. 言語언어는 똑같이 말씀을 뜻하는 글자로 이루어진 듯 하지만 言언은 상대방이 하는 말씀이고, 語어는 내가 하는 말씀입니다.

言語언어는 말씀이니 무겁습니다. 하지만 존재는 참을 수 없이 가볍습니다. 밀란 쿤데라는 소설 『참을 수 없는 존재의 가벼움』의 주인공 토마시를 통하여 한 번뿐인 덧없는 인생에서 자기 감정에 따르는 것이 옳은 것인지 그른 것인지는 확인해 볼 방법이 없다고 하였습니다. 사회적 관습도, 부모 자식과의 인연도 가볍습니다. 자유로운 영혼의 소유자 토마시에게는 모든 것이 가벼운 가운데 오로지 감정만이 무겁습니다. 썰자는 토마시를 닮고 싶습니다. 누구나 그렇듯이 썰자의 감정도 복잡하기 때문에, 감정상의 내가 누구인지 알 수 없는 상황에 부딪히면, '나는 누구일까?'라는 고민을 하게 되었습니다. 많은 경우 내 감정이 무엇인지도 모르는 채 무겁기만 느껴집니다. 언어로는 깨달음을 표현할 수 없듯이, 정리되지 않는 복잡한 감정을 언어로는 표현할 수 없습니다. 언어도단言語道斷은 그러한 지경을 가리키는 말입니다.

썰자는 생각합니다. 데카르트가 살아 있다면, 생각하는 썰자를 보고 '고로 존재한다.'라고 말할까요? 언어가 다르니 데카르트는 썰자의 존재를 인식할 수 없습니다. 언어가 같다고 하여도 데카르트는 썰자의 존재를 나름대로 이해할 뿐입니다. 있는 그대로의 썰자를 데카르트는 알 수 없습니다. 썰자는 정직하지만 썰자의 언어가 정직하지 않기 때문이지요.

정직한 언어가 있을 수 있을까요? 우리는 어렴풋한 생각을 자신의 언어로 옮겨서 윤곽을 뚜렷이 드러낸 다음에야 비로소 자신의 생각이 무엇인지를 알게 됩니다. 언어로 표현되기 이전의 생각이 무엇인지 모르니 지금 하고 있는 말이 본래의 생각을 정직하게 표현하는 말인지 알 수가 없습니다. 언어 능력과 지적 능력에 따라 같은 생각이라고 하더라도 표현되는 생각은 달라지므로, 본래의 생각이 언어를 통해서 왜곡되는 것은 분명합니다. 더군다나 지적인 인간의 언어는 위선적이고 과장되며 허위를 품고 있습니다. 거짓을 품은 언어가 인간의 생각을 지배하여 본래의 생각은 표현될 수도 없습니다.

아이러니하게도, 주워들은 말을 통한 간접 경험을 실제 경험보다 더 신뢰합니다. 서울에 안 가본 놈이 서울 가본 놈을 이긴다고 했습니다. 언어를 배우는 과정은 간접 경험의 과정이기도 합니다. 간접 경험으로 오염된 언어에 지배된 인간은 주워들은 말로부터 독립된 사고를 할 수 없습니다. 그리하여, 인간은 자유의지를 잃고 생각 없이 말하고 있습니다. 언어의 틀에서 벗어나지 않는 한 자유의지는 환상입니다.

썰자는 데카르트의 '나는 생각한다. 고로 존재한다'라는 명제에서 한걸음 더 나아가려고 합니다. 데카르트는 "항구적인 진리에 이르려면 갖고 있던 모든 전제와 사상을 파괴하지 않으면 안 된다."라고 하였습니다. 데카르트는 전제와 사상이 진리를 가린다고 하였는데, 진리를 가리는 굴레로는 언어가 가장 근본적인 굴레임을 알지 못하였습니다. 언어에 의하여 왜곡된 진리는 진리가 아닙니다. 데카르트적 발상에서 한걸음 더 나아가 언어의 왜곡을 극복하여야 합니다. 가능할까요? 수년간 면벽 수행하는 고승들은 언어의 틀에서 벗어났을까요? 그들이 깨달은 바가 있다면 그 깨달음을 존중합니다. 하지만 썰자는 얕습니다. 언어의 틀에서 벗어나는 언어도 단言語道斷의 경지에 오르기 위한 수행을 할 생각은 없으니, 얕은 꾀를 부려봅니다. 나를 가리키는 모든 이름을 썰어서 벗어보겠습니다. 지금의 썰자도 아무것도 아니지만, 처절하게 아무것도 아니었던 본래의 나로 돌아가겠습니다. 나를 둘러싼 모든 것의 이름을 썰어서 본래의 것으로 돌려보겠습니다.

썰자가 젊었을 때, 인천지방법원의 성아무개 부장 판사와 큰 싸움을 한 적이 있습니다. 증인신문을 하고 있는 법정에서 성 판사가 신문에 집중하지 않고 법대 아래의 여직원과 대화를 나누고 있기에 썰자는 증인신문을 중지하고 대화가 멈추기를 기다렸습니다. 일순간 법정에 침묵이 흐르고 썰자는 성 판사를 주시하였습니다. 성 판사가 왜 심문을 멈추었냐고 묻기에 대화를 마치고 신문에 집중하여 주기를 기다리고 있다고 하였더니, 그의 안색이 변하였습니다. 싸움의 시작이었습니다. 성 판사가 신문을 계속하라고 하기에 신문을 계속하였더니 성 판사는 잠시 듣는 척을 하다가 다시 여직원과 대화를 하였습니다. 썰자는 다시 심문을 중지하고 성 판사를 주시하였습니다. 썰자와 눈을 마주한 성 판사는 화가 났습니다. 얼굴색이 벌겋게 변하여 신문을 계속하라고 하였습니다. 썰자가 증인을 신문하는 동안 성 판사는 법정의 천장에 시선을 고정한 채, 증인의 진술에는 전혀 관심을 두지 않았습니다. 증인신문을 마치자 성 판사는 썰자에게 변호사의 자격이 없다고 하였습니다. 변호사의 자격은 국가가 준 것인데, 어찌하여 자격이 없다고 하시냐고 물으니 성 판사는 변호사 자격이 없는 이유를 설명하겠다고 하면서 썰자가 재판에서 이길 것인지 질 것인지를 모른다고 하였습니다. 결정권을 가진 자신에게 저항하였으니 결국 질 것이라는 말이었습니다. 썰자가 성 판사의 말에 불구하고 이길 것이라고 하면서 이기기 위하여 증거 신청을 하겠다고 하니 상대방 변호사에게 사과를 한 후 신청을 하면 받아주겠다고 하였습니다. 상대방 변호사와는 일면식도 없고, 사과할 이유도 없었습니다. 썰자가 사과를 거절하니 판사는 증거 신청을 기각하였습니다. 백여 명의 방청객이 지켜보는 자리에서 썰자는 무능한 변호사, 변호사 자격도 없는 변호사로 불리는 모욕을 당했습니다. 법정을 나온 썰자는 법원 행정처에 판사의 행태를 지적하면서 징계를 요구하였습니다. 판사 데 대한 기피신청이 받아들여지는 예는 거의 없지만 기피신청서도 제출하였습니다. 법원은 기피신청을 받아들이는 대신 기막힌 인사 발령을 하였습니다. 인천지방법원에 있던 성 판사를 썰자의 사무 실이 있는 부천으로 발령하였습니다. 썰자는 호랑이 아가리에 앉 은 꼴이 되었습니다. 그런 후 법원행정처는 썰자의 학연을 동원하 여 징계요구를 철회하라는 요구를 하였습니다. 호랑이 아가리에 앉은 썰자는 법원행정처에 맞설 힘이 없었습니다. 썰자는 성 판사 가 사과를 하면 철회하겠다고 하여, 사과를 받는 자리에서 성 판사 를 만났습니다. 성 판사는 자신이 썰자와 같은 고려대학교 법과대 학 출신이어서 미리 사정 이야기를 하였으면 자신이 잘해 주었을 것인데 썰자가 미리 말해주지 않아서 일이 잘못되었다고, 사과 아 닌 사과를 하였습니다. 진정어린 사과를 원했던 썰자는 술이 약한 성 판사에게 썰자와 마시는 술의 양을 같이하면 사과를 받아들이 겠다고 하였습니다. 성 판사는 중간 중간 화장실에 가서 술을 토해 버리면서 술의 양을 맞추었고, 썰자는 징계요구를 철회하였습니 다.

성 판사는 썰자에게 두 가지를 알려주었습니다. 하나는 썰자가 변호사로 활동하지만 변호사 자격이 없다는 점이었고, 또 하나는 썰자와 그가 모두 고려대학교 교우라는 점이었습니다. 노자의『도덕경』에서는 "善者不辯선자불변 辯者不善변자불선"이라고 하였습니다. 선한 사람은 辯변을 잘하지 못하고 辯변을 잘하는 사람은 착하지 못하다는 말인데, 대한민국의 판사가 썰자에게 辯변호사 자격이 없다고 하였습니다. 辯변을 잘못하는 썰자는 착한 사람이 되었습니다. 성 판사가 교우라는 말을 하며 썰자는 보던 눈빛은 간절하였습니다. 대한민국 3대 패밀리로 고려대교우회, 호남향우회, 해병전우회를 들고 있습니다. 혈연관계에 버금가는 집단적 결속력이 있다고 하여 3대 패밀리로 회자되고 있는데, 징계요구를 철회한 이후 썰자는 성 판사에게 또다시 불공정한 처사를 당하였으니, 성 판사가 말한 교우의 우정은 술자리에서만 빛이 났던 것입니다.

성 판사가 간절히 말하던 校友교우의 友우를 썰어보도록 하겠습니다. 友우의 설문체 &우는 오른손을 겹쳐 그렸습니다. 뜻을 같이하는 사람들이 손을 맞으며 반가워하는 모습을 담고 있습니다[24]. 같은 학교를 나온 동창이라고 하여도 가지고 있는 뜻은 다릅니

---

24   설문 同志爲友。

다. 같은 학교를 다니게 된 것은 우연이고, 학교를 졸업한 후의 선택은 각자의 몫입니다. 그러니 같은 학교를 나왔다고 하여 뜻을 같이하는 友^우라고 생각하는 것은 본질에서 벗어나 있습니다. 友^우라고 하기에 가장 어울리는 관계는 함께 전투를 치렀던 전우^{戰友}입니다. 강제되었기는 하지만 같이 살아야 하고 같이 죽어야 했던 전우^{戰友}는 분명 友^우입니다. 도원결의로 형제의 연을 맺은 유비와 관우, 장비가 友^우입니다. 썰자에게는 뜻하여 맺는 동지관계가 없습니다. 그러니 썰자에게는 友^우가 없습니다.

삼강오륜 중의 하나가 朋友有信^{붕우유신}입니다. 朋^붕은 友^우와 더불어 '벗'을 뜻하지요. 뜻 없이 살고 있는 썰자는 번듯한 友^우가 없습니다. 그러니 朋^붕은 있을까요? 朋^붕의 갑골문 𡠾는 옛날 화폐로 사용되던 마노조개를 두 줄에 매달아 나란히 늘어뜨린 모양을 그렸습니다. 귀중한 마노조개를 꿰놓은 모양을 그렸으니 돈을 뜻하였는데, 마노조개 하나를 그린 貝^패가 돈의 의미로 더 많이 사용되면서 朋^붕은 여러 개가 모여 있는 모양에서 '패거리', '무리'를 뜻하게 되었고, 朋友^{붕우}로 묶여서 '벗'의 의미도 갖게 되었습니다. 하지만 朋^붕은 패거리를 뜻하니 그다지 좋은 의미는 아닙니다. 당파는 정책의 대립이 정반합되는 발전을 기대할 수 있는 긍정적인 정치

집단이지만 붕당朋黨은 혐오스러운 정치 패거리입니다. 썰자도 같이 하는 패거리가 많으니 朋붕에 속하는 친구가 많습니다. 가장 흔한 패거리는 동창회입니다. 각종 위원회도 패거리입니다. 패거리에 속한 사람들은 서로 부탁하기를 마다하지 않습니다. 그래서 朋붕에 人인을 더한 倗붕에는 부탁한다라는 의미가 있습니다. 변호사인 썰자는 주로 부탁을 받습니다. 미력이나마 도울 수 있는 일이 있다면 기쁩니다. 공자는 "벗이 있어 찾아오니 기쁘지 아니한가"라고 하였습니다. 그런데 우정友情이라는 말은 있어도 붕정朋情이라는 말은 없습니다. 그래서 그런지 썰자는 朋붕이 많지만 외롭습니다.

朋붕과 유사한 패거리 관계로 선배輩, 후배輩에 쓰이는 輩배가 있습니다. 輩배를 썰면 늘어선 줄을 뜻하는 排배의 생략형인 非비와 전쟁에 사용하는 전차를 뜻하는 車차로 썰립니다. 전쟁에 출정하는 전차는 무리를 지어 전진하였습니다. 전차가 질서 있게 무리짓는 모습의 輩배는 '무리', '서열', '순서'의 뜻이 있습니다.

나이 중심의 서열문화가 있으면 선배와 후배는 서로 함부로 할 수가 없습니다. 그래서 동년배를 만나면 쉽게 말을 트고, 친구로 지내게 됩니다. 그런데 친구를 親舊친구라고 쓰는 것이 맞지요? 말을 트는 관계가 친구인지, 親舊친구의 親친을 썰어보겠습니다.

親친의 금문 🔸친을 썰어보면, 감옥에 갇혀 형벌을 받는 죄인을 표현한 辛🔸친에 죄인의 가족이 찾아와서 보는 모습을 표현한 見🔸견이 더해졌습니다. 형벌을 받는 모습은 고난에 처한 대표적인 모습입니다. 병에 걸려서 어려운 모습과 궁핍하여 어려운 모습도 辛친이 담고 있다고 봅니다. 🔸견을 '보다'라는 뜻으로 흔히 알고 있는데, 🔸견은 적극적으로 다가와 살펴보는 것을 뜻합니다. 그러니 🔸친은 고난에 처한 가족이나 친구를 찾아가서 돌보는 모습입니다. 썰자가 고난에 처한 적이 있었습니다. 경사에는 축의금만 보내도 된다고 하지만, 애사에는 반드시 찾아가 살펴보아야 한다고 배웠습니다. 떠나는 아버지를 모시던 날 함께해 주었던 친구들의 고마움을 잊지 못합니다. 술자리의 벗들은 아무리 즐겁더라도 親친함이 없었으면 親친하지 않습니다. 썰자에게 親친해 준 모든 벗에게 감사합니다.

親舊친구의 舊구를 썰어보겠습니다. 舊구의 금문 🔸구, 설문체 🔸구는 머리에 깃털이 불룩 솟은 수리부엉이가 둥지에 앉아 있는 모습을 상형하였습니다. 舊구의 윗부분 萑환은 수리부엉이를 뜻합니다. 새를 뜻하는 隹추 위에 풀을 뜻하는 艹초를 더하여 새가 안 보일 정도로 풀이 많다는 의미를 갖는 萑추와 수리부엉이의 머리 깃털을 강조하여 표현한 崔환을 헷갈리게 쓰는 사람이 많습니다. 鸛관과 崔환을 비교하면 새의 두 눈이 강조되어 그려진 것을 볼 수 있나요? 鸛관은 황새를 뜻한다고 하는데, 우리나라 고전에는 모두 萑추와 같은 풀이 무성하다는 의미로 헷갈리게 쓰였습니다. 한자의 사용은 헷갈리는 것이 기본입니다. 舊구의 아랫부분은 둥지를 표현하였는데 후에 절구를 뜻하는 臼구로 변하였습니다. 이 또한 헷갈림의 한 모습입니다. 한자를 처음 만들어 사용하던 상商나라는 새를 토템으로 하던 나라였습니다. 舊구는 토템인 새를 표현한 글자입니다. 상나라가 망하자 이 나라의 상징인 舊구는 쓰임새가 없어졌습니다. 그러던 중 久구와 舊구의 발음이 같다는 점에 착안하여 久구를 써야 할 자리에 舊구를 쓰는 경우가 생겨서 久구의 의미인 '오래다'의 뜻이 舊구에 옮겨졌습니다. 이러한 쓰임을 동음환서同音換書라고 합니다. 중국어에서 동음환서同音換書는 흔히 볼 수 있습니다. 그런데 舊구의 간체자는 久구가 아니라 旧구입니다. 이에는 두 가지 이유가 있습니다. 첫째, 세월이 지나면서 舊구와 久구의 중국식 발음이 달라졌기 때문입니다. 둘째, 久구는 술이나 역사와 같이 오래되어서 좋다는 긍정적 의미를 내포하지만 舊구는 오래되어서 낡았다는 부정적 의미를 가지고 있기 때문입니다. 사람의 됨됨이를 알려면 그 사람의 친구를 살펴보라고 하였습니다. 久ᄀᆩ를 가까이 하고 舊ᄀᆩ는 버려야 했습니다. 썰자에게 久ᄀᆩ한 친구가 있는지 둘러보니 많은 사람 중에 유독 한 사람이 눈에 띕니다. 썰자의 아내 윤미강은 久ᄀᆩ합니다. 그와 親친하기도 하니 고맙습니다.

　이 글은 '나는 누구일까?'라는 질문으로 시작되었습니다. 본래의 나를 회복하기 위하여 나를 둘러싼 굴레들을 벗으려고 사색하였습니다. 그런데 굴레를 벗기는커녕 아내에 대한 고백으로 어쩌면 더 큰 굴레에 빠졌습니다. 굴레 벗기는 아내로부터 정신적으로 벗어난 후 다시 시작해야겠습니다. 썰자는 굴레에서 벗어나기에는 아직 어렵습니다.

莽絟 글해

道^도의   금문 🌿^도는 네 갈래 갈림길 〻에서 우두머리가 무리를 이끄는 🌿모습으로 썰림. 우두머리의 모습은 🌿, 🌿등 다양하게 그려짐. 갈림길 〻이 辶으로 바뀌고 우두머리의 모습이 首^도에서 현재의 道^도가 되었음. 道^도는 길을 인도한다는 점에서 德^덕과 비슷한 글자임. 道^도는 우두머리가 이끌고 🌿가지만 德^덕은 이끔이 없이 가르쳐 줄 🌿뿐이라는 점에서 차이가 있음. 道^도는 사회를 이끄는 도리, 德^덕은 지도자의 인격 수준을 의미함. 道^도의 의미에서 이끌고 가는 우두머리의 의미가 퇴색되자 손을 잡아 이끈다라는 의미의 寸^촌을 더한 導^도가 만들어짐. 導^도는 '인도하다'를 뜻함.

斷^단은   실타래를 가지런히 담아 놓은 모습의 𢆶^계와 도끼를 그린 斤^근으로 썰림. 斷^단은 断^단으로 쓰기도 함. 𢆶^계는 실타래를 담아 놓은 모습인데, 실타래를 만들려면 실을 잣다가 끊어야 하므로 '끊다'라는 의미가 있고, 실타래로 옷감을 만들려면 실을 잇기도 하여야 하므로 '잇다'라는 의미도 있

음. '끊다'라는 의미를 분명히 하는 글자로 이어서 斷^단이,
'잇다'라는 의미를 분명히 하는 글자로 繼^계가 만들어짐.

言^언의 갑골문 언은 형벌을 가하는 도구를 상형한 ꟙ^신과 말하
는 모습을 담은 ㅂ^구로 썰림. 형벌은 권력자에 의하여 내
려지니 ꟙ^신은 권력자를 뜻함. 권력자인 ꟙ^신에 그가 말
하는 모습을 담은 ㅂ^구를 더한 ꟙ^언은 권력자의 '말씀'을
뜻함.

音^음의 설문체 음을 言^언의 설문체 ꟙ^언과 비교하면 ꟙ^언의 ㅂ^구가
음에서는 혀의 모습이 더해진 ꟙ^왈로 바뀌었음. 혀의 모습
이 더해진 이유는, 말하는 자와 듣는 자 사이에 말이 통하
지 않는 상황을 표현한 것임. 말이 통하지 않는 두려움과
답답함이 音^음에 담겨 있음. 통하지 않는 의미의 音^음에 해
를 상형한 日^일을 더한 暗^암은 해가 가리워져 빛이 통하지
않는 어둠을 뜻함. 音^음에 마음을 뜻하는 心^심을 더한 意^의
는 말을 알아들을 수 없는 권력자의 뜻을 표정을 통하여
짐작해 보는 의미이니 '뜻'을 의미함.

吾^오는 질서를 뜻하는 五^오와 말하다라는 의미의 口^구로 썰림. 吾
^오는 내 안의 생각이 차분한 말로 표현되어 나오는 모습이

니 '나'를 뜻함. 吾오에 마음을 뜻하는 心심을 더한 悟오는 '나를 느끼는 마음'이 되니 '깨달음'을 뜻함. 吾오에 말씀을 뜻하는 言언을 더한 語어는 화자 자신이 하는 말씀임.

善선의   금문 은 양을 두고 제사를 지내는 모습을 담은 과 권력자의 모습이 담긴 두 개로 썰림. 는 言언의 갑골문 언과 비슷함. 두 부족이 대립하다가 화해하게 되어 신에게 양을 바치며 제사 지내는 모습임. 화해하는 모습으로부터 '착하다'를 뜻함.

辯변은   두 사람이 흉기를 들고 다투는 모습을 담은 辡변과 권위를 가지고 말하는 모습을 담은 言언으로 썰림. 두 사람 사이에서 시비를 가리는 모습임. 시비를 가려서 다툼을 그치게 하려면 조리 있게 말을 잘해야 할 것이니, '말을 잘하다'라는 의미가 있음.

友우의   설문체 우는 오른손을 겹쳐 그려, 뜻을 같이하는 사람들이 손을 마주 잡은 모습임.

朋붕의   갑골문 붕은 옛날 화폐로 사용되던 마노조개를 두 줄에 매달아 나란히 늘어뜨린 모양임. 귀중한 마노조개를 꿰놓은 모양을 그렸으니 돈을 뜻하였는데, 마노조개 하나를 그린 貝^패가 돈의 의미로 더 많이 사용되면서 朋^붕는 여러 개가 모여 있는 모양에서 '패거리', '무리'를 뜻하게 됨.

親^친의　금문 𣢏^친은 감옥에 갇히어 형벌을 받는 죄인을 표현한 亲 ^친과 죄인의 가족이 찾아와서 보는 모습을 표현한 見 ^견으로 썰림. 𣢏^친은 고난에 처한 가족이나 친구를 찾아가서 돌보는 모습임.

舊^구의　금문 𧄹^구, 설문체 𧄹^구는 머리에 깃털이 불룩 솟은 수리부엉이가 둥지에 앉아 있는 모습임. 舊^구의 아랫부분은 둥지를 표현하였는데 후에 절구를 뜻하는 臼^구로 바뀌었음. 舊^구는 상나라의 토템인 새를 표현한 글자인데, 상나라가 망한 후 舊^구는 쓰임새가 없어졌음. 그러던 중 久^구와 舊^구의 발음이 같다는 점에 착안하여 久^구를 써야 할 자리에 舊^구를 쓰는 경우가 생겨서 久^구의 의미인 '오래다'의 뜻이 舊^구에 옮겨졌음. 이러한 쓰임을 동음환서^{同音換書}라고 함. 그런데 舊^구의 간체자는 久^구가 아니라 旧^구임. 久^구는 술이나 역사와 같이 오래되어서 좋다는 긍정적 의미를 내포하지만 舊^구는 오래되어서 낡았다는 부정적 의미이기 때문임.

권력은 사람을 비굴卑屈하게 합니다. 조선의 왕 선조는 명나라 황제에 대하여 '천조동번지신天朝東藩之臣'이라고 하면서 스스로 신하 됨을 청하였습니다. 때로는 번왕藩王이라고도 하였습니다. 余여는 조선의 국왕들이 신하들 앞에서 자신을 가리키던 말이었습니다. 余여의 금문 ✿은 기둥을 하나 세워서 지붕을 얹은 좁고 초라한 집을 상형하였습니다. 조선의 국왕이 자신을 余여라고 한 것은, 명나라의 황제에 비하면 자신은 여막 같은 초라한 집에서 지내는 비천한 존재라고 비굴卑屈하게 낮춘 말입니다. 번왕藩王이니 신臣이니 하는 말은 차라리 높습니다. 병자호란 때 청나라에 패한 조선의 왕 인조는 삼전도에 가서 청의 황제 홍타이지에게 삼궤구고두례[25]를 하였습니다. 조선의 왕이 비굴하여 자신을 余^여라고 하였는데, 그 비굴함을 모르는 조선의 신하들 중에 자신을 余^여라고 하는 자들이 생겼습니다. 강진에 유배되어 지내던 정약용이 딸에게 매조도를 그려 보내면서 사연을 '余^여謫居康津之越數年[26]'이라고 적었습니다. 18세기 조선의 실학 사상을 집대성한 유학자로 이름난 정약용이 딸에게 자신을 낮추어 余^여라고 하였으니, 딸에게 겸양하는 아버지가 말이 됩니까? 아마도 余^여의 뜻을 민감히 새기지 않고 왕을 따라하는 허세로 余^여라 칭하였던 것으로 보이니 정약용에게 적잖이 실망하게 됩니다. 조선의 국왕과 신하들이 자신을 余^여라 칭하면서 뜻도 모르는 허세를 부리고 있을 때에, 중국에서는 余^여라는 말을 사용하지 않고 있다가 '여유롭다'라는 의미의 餘^여의 간체자로

---

25 삼궤구고두례는 3번 절하고 9번 머리를 조아리는 예입니다. 삼전도의 굴욕이 너무 치욕스럽기에 인조가 9번 머리를 조아릴 때에 쿵 소리가 날 정도로 머리를 땅에 박아 이마가 피로 홍건하였다는 전설이 있는데, 이는 거짓으로 보입니다. 『조선왕조실록』의 기사를 살펴보면 인조의 항복은 아이러니하게도 평화로웠습니다. 정조 때의 기사를 보면 청나라에 동지사로 간 사신들이 황제로부터 선물을 받은 후 삼궤구고두례를 하여 사은하였다고 하였습니다. 삼궤구고두례는 신하가 황제를 바치는 예에 지나지 않습니다.

26 순 한문 문장을 독자들이 보기에 편리하도록 변형했습니다. 그 뜻은 '내가 강진에서 귀양살이한 지 여러 해가 지났을 때'입니다.

씁니다.

교육부 정책기획관이었던 나향욱이라는 썩을 자가 "민중은 개·돼지로 취급하면 된다."고 하여 파면당하였다가 소송을 통해서 복직하였습니다. 나향욱은 당숙이 대법관과 국회의원을 지낸 집안 출신으로 23세의 나이에 행정고시에 합격한, 초일류 금수저입니다. 그런데 그가 한 개·돼지라는 말이 낯설지 않습니다. 『조선왕조실록』을 보면 조선의 신하들은 자신을 항상 견마犬馬라고 칭하였습니다. 이성계를 도와 조선을 건국하는 데 일등 공신 역할을 했던 조준은, 같은 개국 공신인 정도전이 이방원에게 죽임을 당하고, 이성계가 정종에게 양위하고 함흥으로 가버리자 자신도 정도전처럼 죽임을 당할 것을 염려하여 좌정승의 직에서 사임하고 낙향하겠다고 상소를 올립니다. 유방을 도와서 한나라를 세운 장량은 개국 공신들이 유방에게 죽임을 당하는 것을 보고 낙향하여 천수를 누렸다고 합니다. 조준은 장량을 따르려고 한 것이지요. 조준은 사직을 청하는 글에 자신을 견마犬馬라고 칭하면서 남은 생을 편안히 살게 해 달라고, 살려달라고 애원합니다[27]. 조선의 신하들은 자신을 견

---

27   使臣優游盛化之中, 保全犬馬之餘年

마^{犬馬}라 칭하고, 대한민국의 초일류 금수저들은 민중을 견돈^{犬豚}이라고 합니다.

3·1운동 당시의 민족 대표 33인 중의 한 분이신 민족시인 한용운 님의 시 '당신을 보았습니다'의 한 구절이 떠오릅니다. "저녁거리가 없어서 조나 감자를 꾸러 이웃집에 갔더니 주인은 '거지는 인격이 없다. 인격이 없는 사람은 생명이 없다. 너를 도와주는 것은 죄악이다.'라고 말하였습니다. 그 말을 듣고 돌아나올 때에 쏟아지는 눈물 속에서 당신을 보았습니다." 썰자는 어렸을 때부터 한용운 님 패러디하기를 좋아했습니다. 돈이 없으면 인격도 없는 것일까요? 모욕당하고 눈물을 흘리지 않으면 인격이 없습니다. 눈물은 인격입니다. 민중을 개·돼지라고 하는 자들은 민중의 아픔에 눈물을 흘리지 않습니다. 그들은 인격이 없습니다. 그들은 늑대·하이에나입니다.

중국의 진시황은 자신을 朕^짐이라고 하였습니다. 朕^짐의 금문 𦨶^짐은 배를 뜻하는 𦩎와 손으로 배의 방향타, 즉 키를 잡고 조정하는 모습 𠦡으로 썰립니다. 배를 뜻하는 𦩎는 月^월로 변하였습니다. 月^월이 배의 뜻으로 쓰이는 경우는 많이 있는데 예를 들면, 배가 앞으로 나아가는 모습을 담고 있어 '앞'을 뜻하는 前^전, 배가 항구로 몰려오는 모습을 담은 朝조 등입니다. 배의 키를 잡고 조정하는 사람은 배의 주인이니 朕짐은 배의 주인을 뜻합니다. 진시황이 통일을 하기 전에는 배를 가진 사람은 신분의 귀천과 상관없이 자신을 朕짐이라고 하였습니다. 그런데 진시황이 천하를 통일한 후 자신만이 朕짐이라고 자칭할 수 있도록 하였습니다. 어기면 죽임을 당할 수밖에 없었습니다. 진시황은 朕짐을 月월과 八팔, 天천으로 썰어서 月월은 사람을 가리키는 의미로 해석하고, 八팔은 '나누다'라는 의미로, 天천은 천하를 뜻한다고 해석하니, 朕짐은 '천하를 다루는 사람' 즉 황제를 가리키는 글자가 되었습니다. 하지만 진시황은 말년에 들어서 불로장생의 불로초에 빠졌습니다. 진인이 되어야 신선을 만나 불로초를 구할 수 있다는 사기꾼 노생의 말에 속아서 자신을 진인으로 하여 더는 朕짐으로 부르지 않겠다고 하였습니다. 그 후 朕짐에 대한 사용 제한이 풀려 조선의 국왕들도 종종 朕짐이라고 하였습니다. 조선의 국왕들이 천하를 나누는 마음으로 朕짐이라고 하였을 리 없습니다. 역사에 가정은 무의미하지만, 여진족의 군대를 끌고 와서 아무런 희생도 치르지 않고 고려를 집어삼킨 이성계가 없었다면 우리 민족은 만주 땅도 지배하였을 것입니다. 민족의 힘이 없었기에 여진족에게, 쪽바리에게 당하고 살았습니다.

힘없이 입만 살아 있는 사람들은 자신을 吾^오라고 합니다. 쪽바리에 맞선 독립 선언서는 그 정신의 위대함에도 불구하고 스스로를 吾^오라 칭하였으니 썰자는 불만입니다. 吾^오는 질서를 뜻하는 五^오와 말하는 의미의 口^구로 썰립니다. 내 안의 생각이 차분한 말로 표현되어 나오는 모습이니 吾^오는 '나'를 뜻합니다. '吾等^{오등}은 玆^자에 我^아 朝鮮^{조선}의…' 이처럼 독립 선언서의 첫 글자가 吾^오입니다. 비폭력적인 만세운동은 쪽바리들의 총칼 앞에서 무모하였습니다. 나라에 군대가 없으면 국격이 없습니다. 군대를 갖지 못한 민중의 독립 선언은 생명을 가질 수가 없습니다. 생명을 유지하려면 힘을 갖춰야 합니다.

나를 가리키는 말로 사람의 코를 상형하였다는 自^자가 있습니다. 自^자의 갑골문 自자는 코의 모양을 사실적으로 그렸습니다. 自^자가 '나'를 뜻하게 된 연유는 슬픕니다. "눈 감으면 코 베어 간다."라고 하였습니다. 전사한 적의 코를 베어서 전공을 자랑하여야 하는데, 전공에 눈이 먼 잔혹한 군대는 산 사람의 코도 베었습니다. 그래서 나온 말이 "눈 감으면 코 베어 간다."입니다. 임진왜란과 정유재란을 일으킨 쪽바리들은 무고한 조선 백성들의 코를 베어가서 일본의 교토에 코무덤을 만들었습니다. 12만 6천 명의 코가 묻혔다고 합니다. 현재 코무덤은 귀무덤으로 명칭이 바뀌었는데, 에도 시대에 한 유학자가 코무덤은 너무 야만스러우니 귀무덤으로 부르자고 했다고 합니다. 귀무덤은 야만스럽지 않은가 봅니다. 참으로 쪽바리다운 발상입니다.

중국인들은 자신을 가리켜 我^아라고 합니다. 我^아의 금문 𢦏는 톱니 모양의 날이 붙은 창을 상형하였습니다. 我^아는 창을 상형한 戈^과와 창을 쥐고 있는 손을 표현한 手^수로 썰어집니다. 창은 농민들이 농기구를 들어서 무기로 삼은 것이니 我^아는 여전히 계급적인 글자입니다. 하지만 무기를 들어 자신을 지킬 수 있을 때에 비로소 '나'를 유지할 수 있으니 썰자는 我^아를 좋아합니다.

그런데 우리말의 '나'는 무슨 뜻이지요? 우리말의 '나'는 발음 기호인 한글로만 표기되었을 뿐, 문자인 한자로 표기되지 않았으니, '나'는 1인칭의 의미 외에 다른 의미가 숨어 있지 않습니다. 我^아의 광둥어 발음과 '나'의 발음이 일치하지만 이는 우연의 일치일 뿐, '나'가 我^아의 발음이라는 증거는 없습니다. 나는 원래 아무것도 아닙니다. '나'에 어떠한 뜻도 담겨 있지 않으니 더더욱 아무것도 아닙니다. 썰자는 我^아보다 아무것도 아닌 '나'를 좋아합니다.

葬經 글해

餘^여는   '밥'을 뜻하는 食^식에 왕이나 귀족을 의미하는 余^여로 썰림.
        귀족들의 밥상은 여유로웠을 것이니 '여유롭다'라는 의미
        임.

犬^견의   갑골문 ㅊ은 개의 모습을 그렸음. 개의 모습을 그린 후 그
        림을 세웠음. 그런데 설문체 ㅊ는 사람에게 멍에를 씌운
        모습임. 犬^견을 썰면 사람을 뜻하는 大^대에 멍에를 뜻하는
        기호 、을 더하였다고 해석할 수 있음. 황제나 왕에게 신
        하들이 자신을 犬^견이라고 칭하였기 때문에 犬^견은 노예일
        수 있음. 일반적으로 '개'는 狗^구라고 함.

馬^마의   금문 馬^마는 말이 갈기를 휘날리면 힘껏 달리는 모습을 표
        현함.

朕^짐의   금문 朕^짐은 배를 뜻하는 舟와 손으로 배의 방향타 또는
        키를 잡고 조정하는 모습을 표현한 八으로 썰림. 배의 주
        인을 뜻함. 진시황이 朕^짐을 月^월과 八^팔, 天^천으로 썰어서
        月^월은 사람을 가리키는 의미로 해석하고, 八^팔은 '나누다'

라는 의미로, 天^천은 천하를 뜻한다고 해석하니, 朕^짐은 '천

하를 다루는 사람' 즉 황제를 의미함.

朝^조의   갑골문 🦌자를 썰어보면 풀들 🌿 사이로 해와 달이 🌙뜨고

지는 모습임. 해가 뜨는 '아침'을 의미함. 금문 🦌^조에서는

풀과 달의 모양이 오해되어 《의 모양으로 변하고, 설문체

에서는 🦌^조로 그려졌음. 설문에는 朝^조의 뜻을 아침이라

고 하였고, 月은 '배'를 뜻하는 舟^주라고 하였음. 朝^조는 '아

침'의 의미로 조^朝례, 조^朝간, 조^朝석 등에 쓰이고 '임금을

알현하다.'라는 의미로는 조^朝공, 조^朝정, 조^朝야 등에 쓰임.

조^朝선의 朝^조임.

自^자의   갑골문 🦏자는 코의 모양을 사실적으로 그렸음. 자신을

가리킬 때 코를 가리키는 경향으로 인하여 '나'를 뜻하게

되었다고 함.

我^아의   금문 🦌는 톱니 모양의 날이 붙은 창을 상형하였음. 我^아

를 썰어보면 창을 상형한 戈^과와 창을 쥐고 있는 손을 표현

한 手수로 썰림.

爾^이의   금문 🦌는 아름답게 빛나는 꽃을 상형하였음. '너'를 가

리키는 의미로 가차됨. 조선 시대에 '爾'는 임금이 종 4품

이상의 신하들을 높여 부르는 말이었음. 방정환 선생이 1920년대에 처음으로 만든 '어린이'라는 단어의 '이'도 존칭 '爾'에서 비롯되었음. 兩가 무엇을 상형하는지에 관하여서는 다른 견해도 많음.

정의로운 법은 없다
차라투스트라는 말했다
안전하지 않은 나라는 없다
무당정치
니들이 정치를 알어?
쫘아쉬
조용한 아침의 나라
앎, 아름다움
사랑하지 말자

정의로운 법은 없다

    소크라테스는 "악법도 법法"이라고 하였다지만, 썰자에게는 법法에 대하여 그와 같은 신뢰가 없습니다. 소크라테스가 그런 말을 하지도 않았다고 합니다. 소크라테스는 "너 자신을 알라"라는 말을 하였을 뿐입니다. 로마 격언에 "사나운 법일지라도 법이다'" 말이 있다고 하는데, 소크라테스가 의연하게 죽음을 맞이하는 모습을 의아하게 여긴 사람들이 로마 격언을 소크라테스의 말로 바꾸었습니다. "악법도 법法"이라는 말은 독재자들에게 달콤하였습니다. 1937년 중일전쟁을 일으킨 일본이 전쟁의 광기에 사로잡혀 있을 때 경성제국대학의 오카다 도모오는 『법철학』을 출간하였습니다. 그 책에 "악법도 법法"이라는 말이 실렸는데, 오카다 도모오의 제자인 황산덕이 서울대 법대 교수로 있으면서 이를 퍼트렸습니다. 황산덕은 법무부 장관을 지내는 동안 사형 집행을 단 한 건도 결재하지 않은 독실한 불교 신자로, 법철학자로 존경을 받는데, 그는 인권을 말살하였던 유신 헌법 시절에 법무부 장관을 하였으니, 악법도 법法이라는 신념을 일관되게 가진 사람입니다. 현대사에서 가장 가슴 아픈 야만적 사법살인이라고 하는 인혁당사건 피고인들에 대한 사형 집행은 그가 법부부 장관으로 있을 때에 자행되었습니다. 썰자는 황산덕의 『형법총론』을 사서 읽기는 하였지만 그에 대한 존경심은 전혀 없습니다. 황산덕이 퍼트린, 악법도 법法이라는 말로 인하여 법法은 무조건 지켜야 한다는 그릇된 신념이 확산되어 있습니다. 법法은 무조건 지켜야 한다는 것은 독재자의 바람일 뿐, 철학이 될 수 없습니다.

法법을 썰어보겠습니다. 法법은 물을 뜻하는 氵수와 '사라지다'는 의미의 去거로 이루어져 있습니다. 물속으로 사라진다는 뜻이 되는데, 물속으로 사람이 사라지면 어떻게 되겠습니까? 죽이는 것입니다. 法법의 이체자인 灋법은 法법에 상상 속의 동물인 해태를 뜻하는 廌치를 더한 글자입니다. 해태는 산에 사는 소를 닮은 짐승으로 뿔이 하나 있습니다. 해태 앞에 심판받을 두 사람을 놓으면 해태가 정직하지 않은 사람을 들이받아 물에 처넣었다고 합니다[28]. 灋법은 해태를 신으로 삼아 마녀 사냥하듯 사람을 죽이는 잔혹함이 담긴 글자입니다. 『강희자전』에는 法법은 일정한 한계를 두고 핍박逼迫하는 것이라고 하였습니다[29]. 法법은 권력자가 민중을 핍박하며 지배하는 수단입니다. 지배당하는 것은 피할 수 없는 현실이나 복종은 선택입니다. 法법에 대한 복종도 선택입니다.

法법이 모두에게 정의正義롭고 공평해야 한다는 믿음도 있습니다. 이는 측은한 믿음입니다. 法법을 모르면서 法법에 의지하고 싶어 하는 서庶민적인 믿음입니다. 法법이 공평하고 정의正義로워야 한다는 당위는 시민혁명의 과정에서 만들어졌습니다. 우리는 시민혁명에 성공해 본 적이 없습니다. 4·19혁명은 박정희에게 짓밟힌 실패한 혁명입니다. 촛불시위를 촛불혁명이라고 과장하는 세력은 진정한 혁명을 거부하는 보수이지요. 촛불시위에는 조직이 없습니다. 주체가 불분명합니다. 촛불시위는 시민적이지 않고 정파적이었습니다. 촛불시위에 적대하는 시민들은 태극기를 들고 시위하였

28　설문 古者決訟, 令觸不直。

29　『강희자전』法, 偪也。

습니다. 공주병에 걸린 얼빠진 대통령을 하야시켰으니 혁명성을 갖는다고 하면, 퇴위시키는 결정을 헌법재판소가 하였으니 혁명의 주체는 헌법재판소가 됩니다. 웃기지요? 웃깁니다. 혁명이라고 하려면 단순한 정권 교체에 그치지 않고 정치, 경제, 사회, 문화 등 모든 방면의 변화가 있어야 합니다. 혁명의 주체가 되어 보지 못한 시민이 法^법이 공평하고 정의로워야 한다고 기대한다면 이는 공짜를 바라는 파렴치입니다. 正義^{정의}는 그 글자 가운데 계급 간의 편가름이 있습니다. 편가름을 숨기려 하니 그 뜻을 계급 간에 공유하기 어렵습니다. 그래서 正義^{정의}는 기만적입니다. 누군가는 '正義^{정의}'라는 이름 때문에 속습니다.

　正^정의 갑골문 🄶^정을 썰어보면 나라를 뜻하는 🄳30에 군대를 뜻하는 🄹로 썰립니다. 다른 나라에 군대를 보내어 정벌하는 상황을 담고 있어 '정벌하다'라는 뜻을 갖습니다. 글자의 뜻은 시대에 따라 변하며 다양해졌습니다. 원시한자가 만들어지던 상나라 때에는 노예를 획득하기 위하여 다른 나라를 정벌하였으니 '정벌하다'라는

---

30 ．갑골문이 쓰이던 때의 나라 규모는 원시 부족의 성곽도시 수준으로, 🄳은 성곽을 표현한 것으로 이해됩니다.

뜻이었지만, 봉건국가인 주나라 대에는 정벌할 때에 봉건 체제를 위한 올바른 명분을 내세웠으므로 正^정은 '바르다'라는 의미를 갖게 되었습니다. 正^정이 '바르다'는 의미로 쓰이게 되자 '정벌하다'라는 본래의 의미를 위하여 征^정이 만들어졌습니다. 이런 식으로 한자의 수가 늘어서 현재는 십만여 자가 되었습니다. 주나라 대에 정벌의 명분인 '바름'의 기준은 봉건 체제를 위한 편가름일 뿐이었습니다. 내 편인지, 네 편인지가 바름의 기준이었으니 모두가 바르다고 주장하는 혼돈의 시대였지요. 편을 갈라서 싸우는 正^정의 혼돈은 춘추전국 시대의 전란으로 이어졌습니다. 正^정을 행하여 정벌을 마친 후에는 정벌한 나라에 맞는 새로운 法^법을 세워 반항하는 세력을 政^정합니다. 政^정은 法^법을 수단으로 하지요. 정복된 자들을 法^정에 잘 복종시키는 것이 政^정입니다. 2차 세계대전이 종전된 후, 프랑스는 독일의 지배를 벗어난 후 독일에 협력하였던 자들을 단호하게 政^정하였습니다.

義^의는 무엇일까요. 義^의와 관련하여 가장 먼저 떠오르는 단어는 義理^{의리}입니다. 가장 먼저 떠오르는 사람은 배우인지 개그맨인지 그 정체성이 불분명한 연예인 김보성입니다. 김보성이 모든 것을 義理^{의리}로 해석하며 개그를 한 여파로 義理^{의리}가 무슨 의미인지 모르는 사람이 많게 되었는데, 義理의리에 기댄 비공개적인 바람은 대개가 불법 청탁입니다. 義의는 옳지 않습니다.

義의를 윗부분과 아랫부분으로 나누어 썰어보면 양의 머리를 상형한 羊양에 '나'를 뜻하는 我아로 썰립니다. 그런데 그렇게 썰어서는 무엇을 의미하는지 잘 모르겠습니다. 현재의 자형을 썰어서 의미를 추론할 수 없을 때에는 갑골문 등 원시한자를 찾아서 썰어야 합니다. 義의의 갑골문 義의는 양의 해골을 창에 꽂아 높이 치켜세운 모습을 담고 있습니다. 양을 토템으로 하던 서역의 강족羌族을 정벌하러 가는 상나라의 군대가 위세를 보이기 위하여 의식을 행하던 모습의 한 장면입니다. 상나라는 점을 치면서 인신공양을 하던 나라입니다. 제물로 백인종인 강족을 바쳤을 때에 점괘가 잘 나온다고 하여 강족을 포획하는 군사를 많이 일으켰습니다. 義의에 꽂힌 양의 해골이 강족의 해골일 수도 있겠습니다. 義의는 신에게 바칠 제물을 구하기 위한 군사를 출병하기에 앞서서 의식을 행하는 모습이니 義의는 '의식'을 뜻합니다. 의식에는 의전이 있고, 의전에는 신분에 따른 차별이 있습니다. 그렇기에 正정이 폭력이라면 義의는 차별을 뜻합니다. 義의는 法법이 있음에도 불구하고 예전의 관계 속에 특별하게 잘해주는 차별입니다. 法법이 공평하지 않던 시대에 義^의는 法^법을 무시하고 요구되는 인간관계의 도리^{道理}였습니다. 도리^{道理}는 옳은 것이니 義^의는 '옳다'는 뜻을 갖게 되었습니다. 義^의가 옳다는 의미는 法^법이 공평하지 않다는 전제가 필요합니다. 法^법이 만인에게 공평하다면 義^의는 옳지 않습니다.

義^의는 본래 '의식'을 뜻하였습니다. 연출된 '의식'에는 연출된 가짜가 많이 등장하므로 義^의는 '가짜'를 뜻합니다. 팔과 다리를 잃은 사람들이 사용하는 가짜 팔을 의^義수, 가짜 다리를 의^義족이라고 합니다. 혈족이 아닌 가짜 형제를 의^義형제라고 합니다. 본래 '의식'을 뜻하던 義^의가 '옳다'라는 의미로 주로 쓰이게 되자 '의식'을 의미하는 儀^의가 만들어졌습니다.

중국에서는 義^의를 义^의로 간화하여 쓰고³¹ 谊^의와 바꾸어 쓰기도 합니다. 친구 사이의 우정^{友情}을 友谊^{우의}라고 바꾸어 말하는 경우가 많습니다. 友谊^{우의}는 뜻을 같이 하였던 友^우에 대한 특별대우이므로 순수한 의미의 우정^{友情}과는 다릅니다. 꽌시^{關係}를 중요시하는 중국인들에게 友谊^{우의}는 특별하겠으나, 대한민국에서 중국적

31　义^의는 공산주의와 공산당, 공산주의 국가를 상징하는 기호 ☭과 같은 모양입니다. 이 기호에서 낮은 농민을, 망치는 프롤레타리아를 상징합니다.

꽌시[32]關係는 올바르지 않습니다.

　正義정의를 정의해보면, 자기의 편이 되지 않는 자를 부정하다고 단죄하여 正정하고 法법으로 핍박하고, 友谊우의를 나누는 사람에게는 義의를 이유로 차별 대우하는 것을 말하니, 모두가 공유할 수 있는 正義정의는 있을 수가 없습니다. 모두에게 공평한 法법은 있어도 모두에게 正義정의로운 法법은 없습니다. 어떠한 法법도 만장일치로 만들어질 수 없음이 그 증거입니다. 正義정의는 모두가 소망하는 아름다운 말이지만 그 내면에는 각자의 탐욕이 담겨 있는 기만적 단어입니다. 썰자는 흙수저입니다. 썰자가 원하는 正義정의는 썰자와 같은 흙수저들의 계급적 이익과 인류 공통의 진보적 가치로 포장되어야 합니다. … 진심일까요? 웃기는 소리입니다. 썰자의 正義정의도 기만적입니다. 썰자는 어릴 적 개천 바닥을 헤매며 놀던 흙수저가 맞지만, 지금은 집도 있고 해외여행도 자주 다니니 흙수저가 아닙니다. 흙수저의 계급적 이익? 썰자는 잘 모르겠습니다.

32　중국인의 꽌시는 극히 폐쇄적입니다. 대화를 몇 번 하여서 말을 튼 관계는 꽌시가 아닙니다. 상호 최선의 배려를 하는 관계가 꽌시입니다.

法経 글해

法법의　이체자인 灋법은 法법에 상상 속의 동물인 해태를 뜻하는
廌치를 더한 글자임. 해태 앞에 심판받을 두 사람을 데려
다 놓으면 해태가 정직하지 않은 사람을 들이받아 물에 처
넣었다고 함. 灋법은 해태를 신으로 삼아 마녀 사냥하듯
사람을 죽이는 잔혹함을 담은 글자임. 法법은 물을 뜻하는
氵水와 '사라지다'라는 의미의 去거로 썰림. 물에 사람을 빠
뜨려 죽이는 의미임.

去거는　갑골문 㚈거는 사람을 뜻하는 大대와 ⍅으로 썰림. ⍅은 흙
구덩이에 허름하게 지붕을 엮어 만든 움집의 입구로 이해
됨. 사람이 움집을 떠나는 모습으로 '가다'를 뜻함. 움집을
버리고 떠나므로 '버리다'의 뜻도 있음.

正정의　갑골문 𤴓정을 썰어보면 나라를 뜻하는 ⼞에 군대를 뜻하
는 止로 나뉨. 다른 나라에 군대를 보내어 정벌하는 모습
이니 '정벌하다'를 뜻함. 정벌할 때에 봉건 체제를 위한 올
바른 명분을 세웠으므로 '바르다'를 뜻함.

116 참

政^정은 '군대를 보내어 토벌한다.'라는 의미가 있는 正^정이 주로 '바르다'로 쓰이게 되자 正^정에 채찍질하는 의미의 攵^복을 더하여 토벌하는 의미를 살린 글자임.

義^의의 갑골문 𦍌^의는 양의 해골을 창에 꽂아 높이 치켜세운 모습으로, 신에게 바칠 제물을 구하기 위한 군사를 출병하기에 앞서서 의식을 행하는 모습임. 연출된 '의식'에는 연출된 가짜가 많이 등장하므로 義^의는 '가짜'를 뜻함. 의식에는 의전이 있고, 의전에는 신분에 따른 차별이 있으니 義^의는 차별을 뜻함. 法^법이 공평하지 않던 시대에 義^의는 法^법을 무시하고 요구되는 인간관계의 도리^{道理}였으니, 義^의는 '옳다'를 뜻함.

誼^의는 말씀을 뜻하는 言^언과 경제적으로 넉넉하다라는 의미가 있는 宜^의로 썰림. 宜^의의 육서체 宜^의는 집 안에 고기를 쌓아 놓은 모습임. 먹을 것이 풍족하여 생활이 편안하고 화목하다는 뜻임. 넉넉하다라는 의미의 宜^의에 言^언을 더한 넉넉하게 나누는 말이 되어 '정'을 뜻함.

차라투스트라는 말했다

썰자는 고등학교 시절 『차라투스트라는 이렇게 말했다』를 읽었습니다. 니체의 철학 소설입니다. 그 시절 썰자의 언어로는 이해할 수 없었는데, 40년이 지난 후 읽으니 통하는 맛이 있어 재미있습니다. 니체는 56세에 생을 마쳤는데, 썰자는 56세에 그의 언어를 겨우 이해합니다.

국가라고? 그게 무엇이지? 좋다! 나 이제 민족의 죽음에 대하여 나의 말을 하려 하니 귀를 기울이도록 하라!

국가는 온갖 냉혹한 괴물 가운데서 더없이 냉혹한 괴물을 일컫습니다. 이 괴물은 냉혹하게 거짓말을 해댑니다. 그리하여 그의 입에서 '나, 국가가 곧 민족'이라는 거짓말이 튀어나오는 것입니다.

"그것은 거짓말이다! 민족을 창조하고 그 위에 하나의 신앙과 하나의 사랑을 제시해온 것은 창조하는 자들이었다. 저들은 이렇듯 생에 이바지해왔다."

차라투스트라의 말입니다. 속았다는 깨달음에 정신이 번쩍 듭니다. 썰자에게 국가는 대한민국입니다. 차라투스트라의 말처럼 대한민국은 거짓말을 하고 있습니다. 헛소리도 합니다.

대한민국의 헌법에는 '대한민국의 영토는 한반도와 그 부속 도서로 한다'라고 되어 있습니다. 한반도 전역이 대한민국의 영토라니, 헛소리입니다. 한반도의 휴전선 이북에 있는 조선민주주의인민공화국은 UN(국제연합)에 160번째 회원국이 된, 국제적으로 승인된 국가입니다. 대한민국은 161번째 회원국입니다. 남과 북이 모두 UN(국제연합)의 회원국이니 서로를 국가로 인정하여야 합니다. 그럼에 불구하고 북의 영토를 남의 영토라고 하는 것은 실없는 헛소리입니다[33]. 헛소리를 지우는 개헌이 필요합니다.

대한민국은 환인의 아들 환웅이 인간 세계로 내려와서 곰과 혼

---

33 현재의 헌법은 1987년 개정된 것이고 남과 북이 UN(국제연합)에 가입한 해는 1991년입니다. 헌법이 개정될 때를 기준으로 하면 남과 북이 서로의 존재를 인정하지 않을 때이니 헛소리가 아니라고 극히 관념적으로 변辯하는 분이 있을 수 있습니다.

인하여 낳은 아들인 단군이 조선을 개국하였다는 날을 기념하여 국경일인 개천절로 지정하였습니다. 개천절은 삼일절, 광복절, 제헌절, 한글날과 더불어 5대 국경일입니다. 개천절을 통하여 대한민국은 국민들에게 '대한민국은 단군을 한아버님으로 하는 단일민족의 나라'라는 거짓말을 받아들이라고 강요하고 있습니다. 매년 개천절 경축식에서는 대한민국의 국무총리가 '국조 단군'을 운운하고 있습니다. 마음에도 없는 소리를 하는 그들이 안쓰럽습니다.

초등학생들이 배우는 개천절의 노래에 '이 나라 한아버님은 단군이시니 ... 백두산 높은 터에 부자요 부부'라는 구절이 있습니다. 이게 무슨 말이지요? 우리말을 꽤 한다는 썰자지만, 얼른 해석할 수가 없습니다. 문헌을 살펴보니, 조선의 명군 정조가 8살이 되기 전에 쓴 한글 편지에 "한아버님 겨오셔도 편안하오시다 하온니"라고 하였고, 1933년 발표된 김동인의 소설『운현궁의 봄』에는 '조 대비의 아드님인 헌종이 한아버님 순조'라고 하였습니다. 그 예로 보면 '한아버님'은 '할아버지'와 같은 말입니다. 그렇다면, '이 나라 한아버님은 단군'이라는 가사는 대한민국의 할아버지가 단군이라는 말인데, 그런가요? 조선민주주의인민공화국은 단군이 세웠다는 조선과 맥을 잇는 나라 이름이니 정통성 면에서 단군이 할아버지라고 할 수 있습니다[34]. 하지만 대한민국은 단군이 할아버지일 이유가 없습니다. 개천절의 노래 중 '백두산 높은 터에 부자요 부부'라는 구절의 뜻을 아는 사람을 주변에서 보지 못했습니다. 썰자도 모릅니다. 노랫말을 지은 정인보 선생은 아실란가 모르겠습니다. 뜻도 모르는 가사를 대한민국의 이름으로 노래하니, 나라 꼴이 참으로 웃깁니다.

개천절은 단군을 신앙하던 대종교의 4대 경절(중광절, 어천절, 가경절, 개천절) 중의 하나였습니다. 대종교를 믿는 사람은 전 국민의 0.001%도 되지 않습니다[35]. 개천절이 공휴일이어서 좋기는 하지만, 전 국민의 0.001%가 믿는 대종교의 개천절이 국경일로 지정되어 있다는 사실이 이상하지 않습니까? 석가 탄신일과 성탄절은 공휴일입니다. 정치와 종교가 분리되어 있는 나라에서 특정 종교의 기념일을 국경일로 지정한 것은 옳지 않습니다.

조선의 문신 최립이 지은 『간이집簡易集』에서는 "조선의 경우는

---

34   북한은 1994년부터 단군제, 1998년부터 개천절로 기념하고 있습니다. 2002년에는 남과 북이 평양 단군릉에서 공동으로 기념 행사를 하기도 하였습니다.

35   통계청의 집계에 따르면 신도는 2005년 기준으로 약 4천 명, 2015년 기준으로 약 3천 명입니다.

단군과 요가 같은 시대에 군림하고 있었던 때가 있었다고 말할지라도, 세상이 아직도 질서가 잡히지 않은 혼돈 상태였기 때문에, 서글書契에 대해서 듣지 못했을 뿐만이 아니라, 결승結繩의 정사를 백성들에게 펼쳐 새롭게 해주는 기회조차도 갖지 못하고 있던 처지였다."라고 하였습니다. 단군이 조선을 개국하던 때에는 새끼를 줄을 꼬아서 수를 셈하던 결승結繩도 구사하지 못하였고, 원시적인 문자인 서글書契에 관하여 듣지도 못하던 시대, 즉 문자가 없던 시대였다는 말입니다. 옳은 말입니다. 단군의 시대에는 문자가 없었습니다.

썰자도 나름 민족주의자입니다. 하지만 문자가 없던, 역사 이전의 시대 인물인 단군을 우리 민족의 역사적 인물로 인정할 수 없습니다. 단군에 관한 첫 번째 기록은 고려 충선왕 때 일연이 편찬한 『삼국유사』에 실린 환웅과 웅녀의 신화인데, 이는 촌구석의 할매가 손녀에게 해주는 이야기만도 못한, 신화라고 하기에 너무 부실한 구라입니다. 『삼국유사』서에는 단군이 당요唐堯36가 즉위한 지 50년이 되던 해에 조선을 개국하였고, 1,908세에 신이 되었다고 합

---

36   당요는 중국 삼황오제 신화 속의 군주인 요 임금입니다.

니다. '당요唐堯가 즉위한 지 50년'이라는 기사에 온갖 상상을 더하여 만들어진 단군 조선의 개국 연도가 기원전 2,333년입니다. 그런데 대한민국은 정부가 수립되자마자 법률 제4호로 '대한민국의 공용 연호는 단군 기원으로 한다.'라고 하여, 기원전 2,333년을 단기 1년으로 정하였습니다. 이로 인하여 대한민국 국민은 공식적으로 단군 한아버님의 자손이자 단일민족이 되었습니다. 단군족이 창조된 것입니다.

차라투스트라는 "민족을 창조하고 그 위에 하나의 신앙과 하나의 사랑을 제시해온 것은 창조하는 자들이었다."라고 하였습니다. 대한민국은 민족을 창조할 수 없습니다. 남한으로 약칭되는 대한민국은 UN(국제연합)이 남한만의 단독선거를 결의하여 만들어진 UN의 피조물입니다. 피조물이 창조하는 자를 흉내 내는 행위는 유전자 조작보다 위험합니다. 대한민국은 혈통적으로 폐쇄적인 단일 민족국가가 아닙니다. 혈통적으로 단일한 민족국가는 지구상 어디에서도, 역사상 단 한 순간도 존재하지 않았습니다. 국가는 부족 단위의 민족을 통합하며 만들어졌습니다. 국가는 약한 민족을 짓밟으며 만들어졌습니다. 폭력으로 통합된 국가는 민족이 아닙니다. 이 나라 한아버님은 단군이라는 억지노래를 대종교의 신도가 아닌 아이들에게 가르쳐서는 안 됩니다.

檀君^{단군}을 썰어보겠습니다. 『삼국유사』에는 따르면 檀君^{단군}은 조선을 세운 지 1천5백 년이 되었을 때에 주나라의 무왕이 기자를 조선의 왕으로 봉하자 장단경으로 도망을 갔다가 아사달에 숨어들어 산신이 되었다고 합니다. 건국 신화의 주인공이라고 하기에는 처신이 너무 비굴합니다. 『삼국유사』는 고려가 원나라의 지배를 받던 충렬왕 때에 쓰였습니다. 원나라가 고려의 복식을 지키라고 하였음에도 불구하고 스스로 몽고인처럼 변발하고 몽고의 옷을 입었던 충렬왕은 원나라의 공주와 결혼한, 첫 번째 고려 왕입니다. 일연은 충렬왕에게 강론하던 사람입니다. 일연 역시 몽고 풍이 철철 흐르고 있었을 것입니다. 그의 주도로 집필된 『삼국유사』에 민족적 자존심이 담길 수 없었습니다. 檀君^{단군} 조선은 기자 조선을 위한 들러리로 일연이 창작하였다는 것이 썰자의 생각입니다. 들러리가 아니라면 굳이 단군의 아버지 환웅을 환인의 서^庶자라고 할 이유가 없습니다. 썰자는 일연에게 유감이 많습니다.

檀君^{단군}은 단군은 북방 유목민족의 족장의 명칭인 선우^{單于}에서 유래한다고 합니다. 본래 단간^{單干}이었던 것을 중국인들이 선우^{單于}로 표기하였다고 합니다. 중국인들이 흉노라고 불렀던 북방 유목민족 족장의 명칭인 선우單于는 흉노족에 대한 두려움이 담긴 이름입니다. 單단이 다른 글자에 포함되는 경우 탄彈, 憚, 천闡, 선禪, 전戰으로 발음이 됩니다. 單단이 單선이 되기도 합니다. 그렇게 하여 흉노의 족장은 선우單于입니다. 중국인들은 흉노의 침입을 막으려고 만리장성을 쌓았습니다. 흉노는 만리장성을 부수며 중국을 공격하였습니다. 單단이 성을 부수는 흉노의 선봉입니다.

單단의 금문 ✿단은 무거운 돌을 던져서 성곽을 공격하는 누석기의 모양을 표현한 것이라고 합니다. ✿단은 나무의 탄성을 이용하여 만든 투석기로, 윗부분의 ✿은 나무를 휘려고 사람들이 잡고 매달리는 부분이고, 가운데 ✿은 휘어진 투석기 위에 돌을 올려놓는 곳으로 추정됩니다. 기술이 발전하여 투석기가 車차에 거대한 활을 장치한 모습으로 바뀌면서 글자의 모양이 단에서 車차의 모양을 닮은 單단으로 변하였습니다. 성곽을 부수고, 성안으로 커다란 돌을 날리는 무기인 單단으로 공격당하는 사람들은 놀랍고 무서웠을 것입니다. 單단에 ↑심을 더한 憚탄은 '놀라다', '두려워하다'는 뜻을 갖습니다. '기탄憚없이 말하다'에 쓰입니다. 單단 하나로 적을 제압할 수 있었으니 單단은 '홀로'의 뜻을 갖는데, 單단이 갖는 '홀로'는 '홀로 모든 것을 극복할 수 있다'라는 강한 의미를 가지고 있습니다.

믿고 의지하던 성을 부수는 單^단은 무서운 무기였습니다. 활을 뜻하는 弓^궁에 單^단을 더한 彈^탄은 화살이 아니라 투석기로 쏘는 돌이었습니다. 화약이 발명되어 투석기가 대포로 바뀌면서 彈^탄은 총알을 뜻하게 되었습니다. 單^단에 창을 뜻하는 戈^과를 더한 戰^전은 투석기를 동원하여 성곽을 공격하는, 아주 큰 싸움을 뜻합니다.

제단을 뜻하는 示^시에 單^단을 더한 禪^선은 천자가 홀로 산천에 제사를 지내는 모습을 담고 있습니다. 역사적으로는 진시황이 태산에서 처음으로 봉선禪^선의식을 하였습니다. 봉선의식을 통하여 황제의 자리에 올랐음을 하늘에 고하였는데, 오르는 자가 있으면 내어 놓는 자가 있겠지요. 황제의 자리를 내어 놓는 입장에서 선禪^선양은 황제의 자리를 양보한다는 뜻을 갖습니다. 禪^선에는 홀로 제사 지내는 모습이 있습니다. 불가에서는 홀로 명상하며 수행하는 모습을 禪^선이라고 합니다. 禪^선은 인도의 요가를 번역한 말이라고 합니다. 절대 고요의 신비적 경지인 삼매경에 이르러 절대자와 소통하려는 힌두교의 수행이 요가입니다. 쉽게 말하

눈꺼풀이 없는 달마

면 명상을 아주 길게 하는 수행입니다. 인도 사람인 달마는 중국의 소림사에 들어와 6년간 면벽 수행을 할 때 눈을 감지 않기 위하여 눈꺼풀을 잘라버렸다고 합니다. 달마도의 눈이 부리부리한 것은 눈꺼풀이 없기 때문입니다. 썰자가 볼 때에 달마는 완전히 미친 사람입니다. 하지만 소림사의 스님들에게는 대단한 사람으로 보였는 가 봅니다. 달마를 교조로 모시는 중국의 선禪종 불교가 만들어졌습니다. 중국의 선禪종은 한국과 일본으로 전파되어, 현재 한국 불교는 소승이든 대승이든 禪선을 합니다.

檀君단군을 창조한 일연은 승과에 장원으로 합격한 학자형의 승려입니다. 불교는 고려의 국교였으니 승과에 장원으로 합격한 일연은 대단한 권력을 가졌습니다. 큰 사찰의 주지를 지냈으니 재력도 컸습니다. 승려로서 그는 간화선禪에 주력하였습니다. 간화선禪은 승려들이 공통의 화두를 가지고 명상하며 명상 중에 떠오른 뜬금없은 말을 나누는 수행법인데, 저급하게 표현하면 고급스러운 구라를 배우는 수행입니다. 깊게 수양된 구라 실력을 몰아쳐 만든 것이 『삼국유사』이고, 원나라에 충성하는 마음으로 창작한 인물이 서庶자 혈통의 단군입니다.

적서嫡庶의 차별이 없는 세상이지만, 건국 신화의 주인공이 서

庶자의 혈통이라니. 그렇다면 적자의 혈통은 중국입니까? 대한민국은 칠백여 년 전 친원 세력이 창작한 서庶자 혈통의 단군을, 한아버님 국조로 추앙하며, 혈통적으로 단일한 민족국가임을 국민들에게 세뇌하고 있습니다. 보수 진영의 뿌리 깊은 사대 근성입니다. 친원, 친명, 친청, 친일, 친미. 천자를 나라임을 주장하던 고려의 기상이 몽고의 침입으로 꺾인 후 한반도는 지금까지 단 한 순간도 자주적이지 못하였습니다. 서庶자 혈통의 단군은 이제 우리 민족의 기억에서 지워야 합니다. 차라투스트라의 말이고, 썰자의 생각입니다.

易經 글해

易이, 역의 금문 ^易이는 피부색을 바꾸는 카멜레온을 표현한 글자로, 카멜레온이 색을 쉽게 바꾸므로 '쉽다'를 뜻함. 다른 금문 ^易이은 햇살이 구름 사이로 비치는 모습으로 날씨가 개었다, 어두웠졌다 이렇게 바뀌므로 '바꾸다'를 뜻함. 易이는 '쉽다', 易역은 '바꾸다'의 뜻임. 易역에 金금을 더한 錫석은 구리에 섞어서 청동을 만들 때 사용되는 합금 재료인 '주석'을 뜻함. 구리로는 무기를 만들 수 없었지만 청동으로는 무기를 만들 수 있었기에 錫석을 사용하여 청동기를 만들 수 있었던 부족은 다른 부족에 비하여 압도적인 무력을 갖게 됨.

契글는 나무나 돌에 특정한 모양으로 표시하는 모습을 담은 㓞갈과 권력자의 모습이 담긴 大대로 썰림. 㓞갈을 더 썰어보면 칼 刀도을 가지고 나무나 돌에 丰과 같은 모양을 새기어 지배 영역이나 약속을 표시하는 모습임. 㓞갈은 뜻을 표현하기 위하여 정교하게 새기는 모습이니 '새기다'라는 뜻이 있음. 새겨진 표시가 기호가 되고 문자로 발전하였음. 그러니 㓞갈은 문자가 만들어지던 초기의 모습임. 㓞갈에 더해진 大대는 권력자를 의미하니, 㓞갈에는 반드시 지켜야 할 명령의 의미가 있음. 허신은 창힐[37]이 새, 짐승의 발자국을 보고 그 무늬가 서로 다른 것을 알고 처음으로 서글書㓞을 만들었다고 하여 문자라는 표현 대신 서글이라고 하였는데 이때 㓞글의 발음이 '한글'의 '글'임. 대립하던 부족들이 화해하여 새롭게 관계를 맺을 때에 돌이나 청동기에 약속의 내용을 새기었는데, 그런 의미로는 발음이 다른 契계로 읽힘.

結결은 사냥에 성공하여 짐승을 잡는 모습을 담은 吉길과 묶는 데 사용하는 실을 상형한 糸사로 썰림. 吉길의 금문 ![길] 길은 함정에 도끼질을 하는 모습으로, 함정에 갇힌 짐승을 도끼로 잡는 모습임. 사냥에 성공하였으니 '길하다', '좋다' 등을 뜻함. 함정이 텅빈 모습은 凶흉임. 結결은 혼인으로 맺어짐을 뜻함. 혼인을 뜻하는 結결에서 糸사는 홍색 실이고, 吉길은

37　창힐, 倉頡·蒼頡: 중국 고대의 전설적인 제왕인 황제(黃帝)의 사관(史官). 새와 짐승의 발자국을 본떠 최초로 문자를 창제한 사람이라 전해짐.

혼례 중 신부를 홍실로 묶어서 신방으로 끌고 들어가는 모습이라고 함. 신부를 납치하여 결혼하던 약탈혼의 모습임.

檀^단은 박달나무를 가리키는 글자임. 檀^단은 亶^단을 썰면 '곡식을 저장하는 곳간이 차서 넘친다.'라는 의미의 㐭^름과 아침을 뜻하는 旦^단으로 썰림. 亶^단은 곡식이 넘치는 풍성함과 새로운 해가 솟는 아침의 의미가 복합되어 '믿음'을 의미함. 亶^단에 나무를 뜻하는 木^목을 더한 檀^단은 토템으로 신앙의 대상이었던 박달나무를 가리킴. 원시사회에서 수목 숭배는 흔한 현상이었음. 현재까지 당산나무, 서낭나무로 수목 숭배가 전승되고 있음. 그런데 檀^단의 갑골문과 금문은 보이지 않음. 설문체에서 겨우 보이니 檀^단은 금문 이전 시대의 인물인 단군의 이름으로 쓰일 수 없었음. 그러니 檀君^단^군은 허신 이후에 창작된 신화 속의 인물임.

君^군을 썰어보면 지배자가 손에 몽둥이를 들고 있는 모습을 뜻하는 尹^윤과 '말하다'라는 의미의 口^구로 썰림. 지배자가 몽둥이를 들고 호령하는 모습임. 君^군은 직접 피지배자를 대하는 모습이니 지배계급 중 하급임.

單^단의 금문 ✾^단은 무거운 돌을 던져서 성곽을 공격하는 투석기의 모양임. ❦단은 나무의 탄성을 이용하여 만든 투석기로, 윗부분의 ○○은 나무를 휘려고 사람들이 잡고 매달리는 부분이고, 가운데 ◐은 휘어진 투석기 위에 돌을 올려놓는 곳임. 기술이 발전하여 투석기가 車^차에 거대한 활을 장치한 모습으로 바뀌면서 글자의 모양이 단에서 車^차의 모양을 닮은 단으로 변하였음. 성곽을 부수고, 성안으로 커다란 돌을 날리는 무기인 單^단의 공격을 당하는 사람들은 놀랍고 무서웠을 것입니다. 單^단에 ↑^심을 더한 憚^탄은 '놀라다', '두려워하다'를 뜻함. 單^단 하나로 적을 제압할 수 있었으니 單^단은 '홀로'를 뜻하는데, 單^단이 갖는 '홀로'는 홀로 모든 것을 극복할 수 있다라는 강한 의미임. 활을 뜻하는 弓^궁에 單^단을 더한 彈^탄은 화살이 아니라 투석기로 쏘는 돌을 뜻함.

禪^선은 제단을 뜻하는 示^시와 홀로 홀로 제사 지내는 모습을 담은 單^단으로 썰림. 진시황이 황제로 즉위하여 하나님 상제에게 제사를 지내는 의식을 홀로 지냈기에 禪^선은 황제의 지위에 오른다는 것을 의미함. 인도 불교가 전래되면서 인도 힌두교의 수행 방법인 요가를 의미하는 단어로 쓰임. 禪^선

은 명상, 요가와 같은 개념임.

庶서의   금문 庶서는 집을 뜻하는 厂엄과 횃불을 들고 있는 모습의 ∅광으로 썰림. ∅광은 光광으로 변함. 집안에 사람이 둘러 앉아 불을 피우고 있는 모습을 담고 있어 '여럿'을 뜻함. 서庶민, 서庶자 등에 쓰임. 일부다처제에서 적嫡자는 적고 서庶자는 많았을 것이니, 서庶자에 '여럿'을 뜻하는 庶서가 쓰였음.

안전하지 않은 나라는 없다

모든 사람이 서서히 죽어가면서

'산다는 건 원래 이런 거야'라고 말하는 곳.

그곳을 나는 국가라고 부른다

차라투스트라의 말입니다.

차라투스트라는 국가에 절망하고 있었습니다. 대한민국을 헬조선이라고 말하는 사람들도 같은 마음을 가지고 있을 것입니다. 그런데 절망하는 사람들의 불만이 뭐지요?

국가가 없는 원시 상태를 생각해 봅니다. 정글의 법칙에서 개그맨 김병만은 탁월한 운동 능력을 자랑하며 야생생존게임을 즐겼습니다. 썰자는 둔합니다. 김병만은 민첩하지만 혼자 게임을 하지 않았습니다. 팀을 이루어 역할을 나누었습니다. 옷은 기본이고, 배낭에 각종 도구를 챙겼습니다. 칼과 끈은 기본입니다. 아프면 게임을 중단할 수 있습니다. 연출된 야생이지만, 그런 야생도 시청자들에게 재미를 줍니다. 하지만 몸이 둔한 썰자가 야생에 떨어진다면 재미가 있을까요? 낮은 그럭저럭 견디겠지만, 밤은 처절할 것입니다. 온갖 짐승의 울음소리와 벌레들의 습격, 어둠이 주는 공포.

아리스토텔레스는 이렇게 말했습니다. "사회생활을 하지 못하거나, 혼자로도 충분하기 때문에 사회가 필요없는 사람은 짐승이거나 신이 틀림없다." 사회생활은 무리지어 생활하는 것을 뜻합니다. 인간은 야생에서 살아남기 위하여 무리를 지었습니다. 무리를 지었으니 야수들의 공격을 피할 수가 있었고, 무리지어 정착하니 편안히 잠을 자는 주거 공간을 만들 수 있었습니다. 편안한 삶의 조건을 갖춘 인간은 수명에 맞추어 서서히 죽어가게 되었습니다.

모든 사람이 서서히 죽어가면서
'산다는 건 원래 이런 거야'라고 말하는 곳.
그곳을 나는 사회라고 부른다.

차라투스트라를 패러디한 썰자의 말입니다.

야수의 습격을 피하려고 사회를 이루었지만 자연적인 죽음은
피할 수 없습니다. 야수의 습격을 피하게 되자 다른 인간 부족들의
습격이 거세졌습니다. 야수들에 의한 죽음보다 인간에 의한 죽음
이 더 많았습니다. 다른 인간 부족에 대한 두려움은 인간의 이성을
마비시켰습니다. 신이 필요하게 되었습니다. 인간을 이기는 야수
와 같은 신이 필요하였습니다. 뒷산의 호랑이가 신이 되고 어두운
밤을 지키는 부엉이가 신이 되었습니다. 부족을 키우면 다른 인간
부족의 습격을 막을 수 있다는 생각에 뜻이 맞는 부족끼리 연합하
고, 숫적으로 많은 부족이 작은 부족을 흡수하여 부족국가가 만들
어졌습니다.

부족이 같이 일하고 같이 나누던 그 시대에는 법이 필요하지
않았습니다. 중국의 신화 가운데 황제, 전욱, 제곡, 요순의 시대가
그 시대에 해당합니다. 노자가 말하는 무위無爲 자연의 시대이고, 공
자가 말하는 대동大同 사회지만 실상은 원시 상태를 갓 벗어난 신석
기 시대였습니다[38]. 요순堯舜 시대에는 가뭄과 홍수로 어려움을 겪

---

38   거대한 신전을 축조하고 금과 구리, 은 제품으로 장신구를 만들었던 마야문명과 잉

었습니다. 우禹 임금은 홍수를 다스리는 데 힘써 홍수로부터 부족을 안전하게 만든 공으로 임금이 되었고, 중국 최초의 세습 왕조인 하나라를 열었습니다. 요순堯舜 시대에는 임금의 권한이 미미하였기에 임금이 자리를 탐내는 사람이 없어서 요堯 임금과 순舜 임금은 부족회의의 추대로 등떠밀려 임금이 되었지만39 우禹 임금이 홍수를 다스리는 사업을 위하여 부족을 조직하고 협동을 이끌어 내면서 만들어낸 강력한 권력은 모두가 탐내는 것이어서 우禹 임금의 아들에게로 세습되었습니다. 세습 왕조, 권력적 국가의 탄생입니다. 그렇게 만들어진 국가 권력의 첫째 목표는 부족민의 안전입니다. 안전을 보장받은 부족민들의 자발적 참여로 국가의 권력이 형성되었으니, 부족민을 안전하게 하지 못하면 권력은 사라집니다. 대한민국도 그렇습니다. 헌법 전문에는 '우리들과 우리들의 자손의 안전과 자유와 행복을 영원히 확보할 것을 다짐하며'라고 하여 안전이 첫째 목표임을 천명하고 있습니다. 국가의 존립 이유가 국민의 안전이기 때문에 세월호 참사 때에 자기가 나선다고 해서 달

카문명은 청동기와 철기를 사용하지 못하였던 신석기문명입니다.

39   부족회의를 통하여 임금을 추대하는 모습은 현재 중국 공산당에서 당 서기와 주석을 뽑는 방식과 같다는 견해가 있습니다.

라질 것이 없다며 게으름을 피웠던 박근혜가 비난받고 탄핵되었습니다.

국가는 국민의 안전을 최우선으로 확보해야 한다는 당위는 나라를 뜻하는 國^국에도 담겨 있습니다. 國^국을 썰어보면 或^역과 □^구으로 이루어졌습니다. 或^역의 갑골문 ^역을 썰어보면 적과 싸울 때 사용하는 무기인 '창'을 뜻하는 戈^과에 '부족민'을 뜻하는 □^구를 더한 자입니다. 창 하나에 의지하여 짐승들의 공격으로부터 부족민을 지키는 모습을 담고 있다. 이때의 부족에게 영토 개념은 존재하지 않았다. 영토는 언제든지 옮겨 다닐 수 있었다. 전설 속의 삼황[40] 중 복희[41]가 나타나 사람들에게 사냥법과 불을 사용하는 법을 가르치던 시대였습니다. 사냥하며 이곳저곳을 옮겨 다니던 부족이 농사 짓기에 좋은 천혜의 땅을 발견한 후 그곳에 정착하여 살면서 或에 영토를 뜻하는 土^토를 더한 域^역이 만들어졌습니다. 삼

---

40 삼황의 신화는 여러 전설이 복합되어 전승되었었기에 소개하는 책마다 삼황이 다릅니다. 대개 복희, 여와, 신농, 수인, 축융, 공공, 황제 중 셋으로 구성되어 있습니다.

41 복희는 사람의 머리에 뱀의 몸을 하였다고 하니 신화 속의 인물입니다. 복희는 남자 신이고 복희와 짝이 되는 여와가 황토로 인간을 만들었다고 합니다. 흙으로 사람은 만들었다는 여와는 그리스·로마의 프로메테우스 및 성경의 여호와와 닮았습니다.

황 중 신농[42]이 나타나 농사 짓는 법과 의술을 가르쳐주던 시대였습니다. 정착해서 살려면 집을 지어야 했으니 삼황 중 황제[43]는 사람들에게 집 짓는 법과 옷 짜는 법을 가르쳐 주었고, 수레를 만들었으며, 글자를 사용하여 천문과 역법을 시작하였습니다. 부와 권력이 황제에게 집중되자 치우[44]가 반란을 일으켰으나 진압되었습니다. 반란을 겪으면서 적의 침입을 대비하기 위한 성을 쌓게 되었으니, 域역은 城성이 되었고, 城이 주변과 조화되어 견고하게 되면서 國국이 되었습니다. 國국은 국민의 안전을 중시하는 글자이고, 우물을 중시하는 글자로는 囲국, 왕을 중시하는 글자로는 国국, 국민의 숫자를 중시하는 글자로는 圀국, 재물을 중시하는 글자로는 囶국이 있습니다. 한자를 사용하는 문화권에 속하는 인간들의 집단이성은 국가 권력의 정당성은 국민의 안전에 있다는 공감으로 國국을 나라

---

42 신농은 사람의 몸에 소의 머리를 가졌다고 합니다.

43 황제는 귀신을 부리는 능력이 탁월하였는데 용이 하늘에서 내려와 천계로 데리고 갔다고 합니다.

44 치우(蚩尤)는 대한민국 축구 국가 대표님의 응원단인 붉은악마의 공식 캐릭터입니다. 치우는 구리로 된 머리와 쇠로 된 이마를 가지고 유황 안개를 일으키며 병기 제작술이 뛰어나 황제와 73번 싸워 이긴 전쟁의 신입니다. 황제와의 마지막 결전인 탁록대전에서 패하여 시신이 다섯 토막으로 찢기어 다섯 방위에 흩어져 묻혔다고 합니다. 무속에서 병굿을 할 때에 찾는 오방신이 치우라고 합니다. 이는 전설입니다.

를 뜻하는 기본 글자로 하고 있습니다.

세월호 참사를 겪으면서 대한민국은 '이게 나라냐'라는 말이 나올 만큼 위험한 나라임이 확인되었습니다. '이게 나라냐'라는 탄식은 세월호 참사를 통하여 확인된 치안상의 문제를 지적하는 것이 아닙니다. 나라를 다스리는 것을 정치라고 합니다. 정은 나라의 주권과 영역, 국민을 방어하는 것이고, 치는 국민이 화합하여 안전하게 하는 것입니다. 대한민국은 군대를 가지고 있으나 작전권이 없는 나라입니다. 전 세계 어떤 나라가 대한민국과 같은 꼴을 보이고 있습니까. 그런 나라가 국민을 안전하게 하는 역할마저 감당하지 못하니 '이게 나라냐'라는 탄식이 나오는 것입니다.

대한민국이 군대에 대한 작전권이 없다고 하는 것은 스스로를 지킬 군대가 없다는 말입니다. 대한민국에 미국의 군대가 주둔하고 있기는 하지만 대한민국 정부가 미국의 지원을 받아 견디는 임시정부, 망명정부도 아닌데 미국은 대한민국의 영공와 영토를 통하여 북한을 선제 공격할 수 있다는 말을 서슴없이 하고 있고, 그리할 때에 대한민국의 국민은 전쟁 위험에 벌벌 떨면서도 아무 말을 하지 못하고 눈치만 보고 있습니다. '이게 나라냐'라고 묻지 않을 수 없습니다.

천자의 나라임을 주창하던 고려의 기상이 몽골의 침입으로 꺾인 후 자국의 군대를 스스로 지킬 힘을 잃었습니다. 원나라가 일본을 침략할 때에 고려군 4만2천 명이 동원되어 그중에서 1만 명이 사상되었습니다. 임진왜란 때는 명나라의 복속국이었기 때문에 3년간 계속된 일본과의 휴전 협상에 끼이지도 못하고 일본군의 노략질이 계속되는 가운데 명나라로부터 일본군을 공격하지 말라는 명령을 받았습니다. 명나라 칙사인 담종인이 이순신에게도 금토패문을 보내어 일본군이 퇴각할 수 있도록 뱃길을 열어주라고 하였습니다. 명나라와 일본에 있어 조선은 나누어 먹을 먹이였습니다. 휴전 협상의 가장 중요한 쟁점은 조선을 어떻게 분할하여 명나라와 일본이 지배할 것인가였다고 합니다. 일본은 한반도의 남쪽을 요구하고, 명나라는 조선을 직접 통치할 것인지 왕을 교체하는 선에서 정리할 것인지를 나름 고민하면서 일본과 협상하고 있었습니다. 일본의 도요토미 히데요시가 사망하는 바람에 전쟁이 일본이 전쟁을 포기하고 철수하지 않았다면 조선은 그때 반 토막이 났을 것입니다. 일본이 조선의 반 토막을 요구하면서 명목상으로는 반 토막이라도 명나라로부터 독립시킨다는 것이었습니다. 일본에 의한 조선의 독립. 어처구니없는 말이지요. 하지만 임진왜란으로부터 3백 년이 지난 후 청일전쟁 때에 일본은 또다시 조선의 독립을 요구하여 시모노세키조약으로 마침내 그 뜻을 이루었습니다. 일본의 힘에 의하여 청나라로부터 독립한 조선은 결국 일본의 식민지가 되었습니다. 그 후 미국의 힘으로 식민 상태에서 벗어났지만 미국이 주도하는 UN(국제연합)에 의하여 남북으로 분할되었으며, 6·25전쟁을 겪으면서 군대의 작전 지휘권이 미국으로 넘어갔고, 작전 지휘권이 없으니 휴전 협상에 당사국으로 참여하지 못하였습니다. 휴전 협상에 끼이지 못하였으니 현재의 휴전 상태를 종식하는 종전 선언을 할 자격도 갖지 못하고 있습니다. 종전 선언은 미국과 북한의 권한입니다. 미국의 통상 정책에 지배를 받고, 미국의 핵우산 아래의 보호국으로 있으며, 휴전 상태에 있지만 임진왜란 때와 마찬가지로 휴전 협상에 끼이지 못하였기 종전을 선언할 자격도 가지지 못한 초라한 나라입니다. 이러니 '이게 나라냐'라는 탄식이 나옵니다.

임진왜란과 청일전쟁을 벌이면서 조선을 차지하려고 했던 일본이나 일본에 핵폭탄을 떨어뜨리고 조선을 독립시킨 미국이나 썰자의 생각에는 모두 대한민국의 성벽을 무너뜨릴 수 있는 위험한 나라들입니다. 현재 미국의 큰 영향 아래에 살고 있지만 대한민국이 미국의 이익에 반하는 선택을 하게 된다면 그들은 반드시 대한민국의 성벽을 무너뜨리려고 할 것입니다. 조선은, 대한민국은 안전하지 않습니다. 안과 밖, 모든 면에서 불안합니다.

모든 사람이 서서히 죽어가면서
'산다는 건 원래 이런 거야'라고 말하는 곳.
그곳을 나는 사회라고 부른다
거듭하는 삶과 죽음을 통하여 사회는 발전한다.

썰자는 정의롭지도, 안전하지도 않은 대한민국에서 살고 있습니다. 하지만 헬조선이라는 말이 나오는 이 땅을 떠나 이민을 갈 생각은 추호도 없습니다. 아무리 미덥지 못하다고 하더라도 조선, 대한민국은 우리 민족의 울타리가 되는 성벽이었고, 성벽입니다. 성벽 안에서의 삶이 만족스럽지 못하다고 하여 성벽을 부수고 원시 자연의 상태로 돌아갈 수는 없습니다. 어떤 나라든 모습은 다르지만 대한민국이 가진 만큼의 문제를 가지고 있습니다. 대한민국이라는 성벽이 지켜준 문화 속에서 우리 민족은 살아남았고, 조상의 얼이 깃든 언어로 대화하고 사색하면서 우리의 얼이 성숙해졌습니다. 성벽이 무너지면 언어는 사라집니다. 언어가 없는 얼을 생각할 수 없습니다. 언어의 틀을 부수는 선승들의 수행도 결국은 언어로 깨달음을 전합니다. 대한민국이 있기에 우리의 언어가 지켜졌습니다. 언어가 얼이라고 생각하는 썰자에게 대한민국은 얼의 울타리입니다. 대한민국을 헬조선이라고 부정하는 것은 얼빠진 짓입니다.

...

하지만 '이게 나라냐'라는 탄식은 끊이지 않습니다.

인간이 국가로 뭉친 이유는 안전하기를 바라기 때문입니다. 박근혜 정권이 그랬듯이 안전하지 않은 나라의 권력은 사라집니다. 나라도 사라집니다.

...

그러니 안전하지 않은 나라는 없습니다.

舞經 글해

無^무의   금문 舞^무는 가뭄이 들어 기우제를 지낼 때 무당이 깃털 장
식을 하고 춤을 추는 모습임. 기우제를 지내는 가뭄에는
물이 없어 고생하므로 舞^무는 '없다'를 뜻함. 가뭄이 심하
면 무당을 불에 태워 신에게 바치는 제사를 지내므로 無^무
에 불을 뜻하는 灬^화가 포함됨.

爲^위의   금문 爲^위는 손으로 코끼리를 잡아 이끄는 모습임. 爲^위는
'코끼리를 부려 일하다'를 뜻하고, 이로부터 '하다'를 뜻함.
한자가 만들어지던 상나라 때의 중국은 아열대기후로 황
하 유역에 코끼리가 살고 있었음. 코끼리 모양의 청동 그
릇과 제기가 발굴되고, 상아로 만든 젓가락도 쓰였음. 코
끼리를 길들여 전쟁에 동원하기도 했음.

大^대의   갑골문 大^대는 서 있는 사람을 정면으로 본 모습임. 구부
린 사람의 모습인 卩인과 비교하여 활개를 펼치고 있는 모
습이므로 큰 사람임. '큰 사람'으로부터 '훌륭하다', '크다'의
뜻이 파생됨. 大^대를 변형시킨 글자로는 머리가 꺾인 모양

으로 '일찍 죽다'라는 뜻을 가진 夭^요, 상투 튼 머리를 표현

하여 '지아비'를 뜻하는 夫^부, '하늘'을 뜻하는 天^천, '크다'라

는 의미의 太^태 등이 있음.

同^동의　금문 **뷝**^동은 흙벽돌을 찍어내는 틀인 **ㅐ**^범과 말하는 모양

인 **ㅂ**^구로 썰림. 벽돌의 틀인 **ㅐ**^범로 찍어내는 흙벽돌은 같

은 모양이므로 同^동은 '틀로 찍어낸 듯이 같은 소리'가 되

고, 이로부터 '같다'를 의미함. 파생되었다. 같은 소리를 내

려면 함께 모여서 해야 하므로 '함께'를 의미함.

國^국을　썰면 或^역과 囗^구로 썰림. 或^역의 갑골문 **ㅁ**^역은 무기인 '창'

을 뜻하는 戈^과에 '부족민'을 뜻하는 口 **ㅂ**^구로 썰림. 或^역에

영토를 뜻하는 土^토를 더한 域^역이 만들어지고, 域**城**^역은

城^성이 되고, 城^이 주변과 조화되어 견고하게 되면서 國^국

이 됨.

무 당 정 치

　썰자에게 정치를 묻는 사람이 많았습니다. 썰자의 생긴 꼴이 어질지 못하고, 나대기 좋아하는 품성을 가지고 있기 때문일 것입니다. 하지만 썰자는 정치를 하기에 너무 어렵습니다. 아리스토텔레스가 말하였습니다. 부끄러워하는 것은 청년에게는 일종의 진실이고, 노인에게는 일종의 불명예입니다. 정치하는 자들은 부끄러워하지 않습니다. 아리스토텔레스에 그들의 인격은 노인이고, 썰자는 어울리지 않는 부끄러움을 가졌으니 아직 청년입니다.

　두려움에 떨던 사람들이 모여서 부락을 만들고, 제단을 만들어 신에게 제사를 지내며 안녕을 기원할 때에는 정치가 제사장, 무당들의 몫이었습니다. 巫堂^{무당}의 뜻은 무엇일까요? 堂^당이 집인 것은 누구나 알지만, 巫무가 무엇을 의미하는지는 대개 모릅니다. 巫무의 갑골문 ✛무는 무당들이 창 끝에 매달아 사용하던 청동 방울이 주렁주렁 매달린 팔주원령과 같은 제기를 상형한 글자로, ✛은 사방으로 충만한 것을 상징하였습니다. ✛무의 모양은 중국의 북방 지역에서는 癸계의 모양으로 다른 지역에서는 兂무의 모양으로 변하였는데 허신은 兂무을 보고는 무당이 춤추는 소맷자락을 본뜬 것이라 하였고, 癸계를 보고는 사방에서 물이 몰려드는 땅의 모습이라고 전혀 다르게 구분하였습니다[45]. 중국 후한의 문자학자 허신許愼의 잘못된 해석에 따라 巫무를 무당이 춤추는 모습으로 이해하는 사람이 많아졌습니다. 하지만 巫무의 본래적 의미는 무당들이 창 끝에 매달아 사용하던 청동 방울이 주렁주렁 매달린 팔주원령과 같은 제기입니다. 그러니 巫堂무당은 굿하는 제사장들의 각종 제기가 비치되어 있는 집을 뜻하던 글자입니다.

제기를 비치하던 집을 뜻하는 무당을 엉뚱하게도 춤추는 무당이라고 한 후 제사장의 권력을 행사하던 진짜 무당들은 제사장들이 박해받는 시절이 되자 변태하여 다른 글자 속으로 들어가 자취

45　癸계는 무당과의 관련성을 잃고 십간의 열 번째로 쓰이고 있습니다.

를 감추었습니다. 다른 글자 속으로 숨어버린 진짜 무당들을 끄집어내 보이겠습니다.

썰자의 누나는 이름에 淑^숙을 씁니다. 영자, 숙자처럼 子^자와 淑^숙은 여자의 이름에 흔하게 쓰였습니다. 무당들은 '아저씨'를 뜻하는 叔^숙으로 들어가 숨었습니다. 叔^숙의 갑골문 ✸^숙 금문 ✸^숙은 신내림을 받은 제사장이 제단 앞에서 창을 들고 춤을 추며 과시하는 모습이라고 합니다[46]. ✸^숙의 모양 중 ✸은 창을 들고 춤을 추는 모습이고 ✸는 손의 모양입니다[47]. 제정 일치 사회에서 제사장은 부족장의 지위 또는 그에 버금가는 지위에 있었습니다. 그러니 叔^숙은 족장의 서열을 뜻하기도 합니다. 신내림을 받은 叔^숙이 창을 들고 춤추는 모습을 본 군중은 숨소리조차 죽이고 있었을 것입니다. 지금도 작두를 타는 무당을 보는 분위기가 그렇습니다. 叔^숙에는 숨죽인 조용한 분위기가 담겨 있습니다. 叔^숙에 집을 뜻하는 宀^면을 더한 寂^적은 '고요하다'를 뜻하고, 물을 뜻하는 氵^수를 더한 淑^숙은 물결이 잔잔하여 투명하고 맑게 보이는 '맑다'를 뜻합니다.

---

46 http://vividict.com 尊长手执干戈表演祭亡舞蹈，且舞且叹。

47 갑골문을 보지 못한 허신은 ✸의 모양을 콩이 싹을 틔우는 모습으로 생각하여 '콩'이라고 하였습니다.

썰자의 누나여, 淑숙이 무슨 뜻인지 이해되십니까? 淑숙은 누나가 신봉하는 기독교와 어울리지 않는 이름입니다.

무당들은 兄형에도 숨어들었습니다. 兄형의 갑골문 🜚형은 무릎을 꿇고 크게 말하는 모습이고, 🜚형은 구부정하게 서서 크게 말하는 모습입니다. 이 모습들은 제단 앞에서 큰 소리로 기도하는 제사장의 모습이라고 합니다. 兄형에 입 口구을 더한 呪주는 제사장이 빌며 기도하는 모습이 되어 '빌다'를 의미합니다. 제사장이 빌며 기도하는 모습의 祝축은 呪주와 같은 글자입니다. 呪주는 '저주하다'라는 주로 의미로 쓰이는데, 祝축도 '저주하다'라는 의미로는 쓰일 때는 발음이 다른 祝주입니다.

무당들은 '여름'을 뜻하는 夏하, '근심'을 뜻하는 憂우, '춤추다'라는 의미의 舞무, '없다'라는 의미의 無무에도 숨어들어갔습니다. 夏하의 금문 🜚하는 정강이를 요란하게 장식한 무당의 모습이고, 憂우의 금문 🜚우는 무당이 머리를 깃털로 장식한 모습입니다. 無무의 금문 🜚무는 무당이 두 팔에 요란한 장식을 들고 있는 모습이고, 舞무의 금문 🜚무는 무당이 두 팔과 다리에 장식을 한 모습입니다. 夏하, 憂우, 無무, 舞무에는 모두 여름에 가뭄이 들어 백성들의 근심이 심할 때 무당이 기우제를 지내기 위하여 치장하는 모습이 담겨 있습니다.

무당이 숨어들어간 글자로는 그 밖에도 여러 글자가 있지만 '붉다'라는 의미의 赤^적과 '진흙'을 뜻하는 堇^근을 이해해야 합니다. 赤^적의 갑골문 적과 금문 ^적, 堇^근의 갑골문 ^근, ^근은 모두 마른 장작을 쌓아만든 제단 위에 사람이 있는 모양으로 인신공양을 하는 모습입니다. 제단의 불길은 붉고 컸기에 赤^적은 '붉다'를 뜻합니다. 기우제를 지내는 장소는 말라붙어서 강바닥의 진흙이 쩍쩍 갈라지는 한가운데입니다. 그곳에 제단을 쌓고 무당을 제물로 인신공양을 하니 堇^근은 '진흙'을 뜻합니다. 인신공양을 할 때 스스로 불꽃 속으로 가는 자의 모습은 ^적이고, 억지로 묶여서 가는 자는 ^근입니다. 상나라 사람들은 새를 토템으로 하였습니다[48]. 신앙하는 새는 전설 속의 봉황 ^봉이고, 백성들은 꽁지가 짧은 통통한 ^추로 표현하였습니다. ^추는 隹^추로 바뀌었습니다. 堇^근에 隹^추을 더한 難^난은 기우제에 산 제물로 끌려가는 백성들의 모습이니 '어려울 난'이고, 堇^근에 사람을 뜻하는 亻^인을 더한 僅^근은 극심한 가뭄을 기우제를 지내며 겨우 견디는 자신들의 모습이니 '겨우'를 뜻합니

---

48 『시경』에 따르면 상족의 선조는 검은 새의 알에서 태어났다고 합니다. 동아시아에서 난생설화는 공통적입니다.

다. 董근에 口구를 더한 嘆탄은 인신공양을 할 정도의 가뭄에 탄식하는 모습이니 '탄식하다'를 뜻합니다[49]. 중국을 뜻하는 기우제를 뜻하는 董근에 물을 뜻하는 氵수를 더한 漢한은 기우제에 하늘이 감복하여 내린 비를 뜻합니다. 漢한은 중국을 지배하는 한漢족을 대표하는 글자입니다.

원시부족국가를 지배하던 무당들은 상나라가 주나라에 망하면서 계급적 지위를 잃고 글자 상으로는 무당만을 남기고 사라졌습니다. 하지만 그들은 형兄이 되고, 아저씨叔가 되고, 여름夏이 되고, 춤舞이 되어 여전히 우리 곁에 있습니다. 놀랍게도 그들은 중국을 지배하는 한漢족이 되었습니다. 이제 무당들은 중국을 업고 전세계를 지배하는 G1이 되려고 합니다. 세계는 눈과 귀를 현혹하는 무당들의 정치에 지배당하고 있습니다. 대한민국도 여지없습니다. 무당이 보이지 않은 신을 보이게 연출하였듯이, 언론은 보이지 않은 여론을 여론 조사 혹은 네티즌이라는 이름으로 보이도록 연출하고 있습니다. 연출된 여론은 신이라도 된 양 민주주의라는 이름으로 연일 드라마적 요소가 넘치는 굿판을 벌이고 있습니다. 드

49　허신은 赤적과 董근에 있는 坴의 모양을 '흙 토'(土)라고 이해하여 董근은 진흙이라고 하였습니다. 그런데 董근이 진흙의 뜻으로 쓰이는 예가 없으니 허신이 틀렸습니다.

라마의 주인공들은 정치인들이고, 연출은 언론이 합니다. 민주주의의 주인공이라고 할 국민은 네티즌으로만 존재할 뿐, 대다수는 여론 조사의 오차 범위 밖으로 사라졌습니다. 현재 대한민국을 지배하는 무당은 부끄러움을 잊어버린 언론입니다. 아리스토텔레스는 이렇게 말했습니다. "부끄러워하는 것은 청년에게는 일종의 진실이고, 노인에게는 일종의 불명예다." 썰자는 이렇게 생각합니다. 부끄러움을 거부하는 언론은 언제나 명예롭습니다. 그들에게는 희망이 없습니다.

巫經 글해

巫^무의 갑골문 巫^무는 무당들이 창 끝에 매달아 사용하던 청동 방울
이 주렁주렁 매달린 팔주원령과 같은 제기의 모양임. 현재
巫^무는 귀신을 섬겨 길흉을 점치고 굿을 하는 것을 뜻함.

叔^숙의 갑골문 叔^숙 금문 叔^숙은 신내림을 받은 제사장이 제단 앞
에서 창을 들고 춤을 추며 과시하는 모습임. 제정 일치 사
회에서 제사장은 부족장의 지위 또는 그에 버금가는 지위
에 있었으니 叔^숙은 족장의 서열을 뜻함. 현재 아버지와 같
은 항렬의 집안 남자를 가리키는 '아저씨'의 뜻으로 쓰임.
신내림을 받은 叔^숙이 창을 들고 춤추는 모습을 군중은 숨
소리조차 죽이고 있었을 것이니, 叔^숙에는 숨죽인 조용한
분위기가 담겨 있음. 叔^숙에 집을 뜻하는 宀^면을 더한 寂^적
은 '고요하다'를 뜻하고, 물을 뜻하는 氵^수를 더한 淑^숙은 물
결이 잔잔하여 투명하고 맑게 보이는 '맑다'를 뜻함.

兄^형의 갑골문 兄^형은 무릎을 꿇고 크게 말하는 모습이고, 兄^형은
구부정하게 서서 크게 말하는 모습임. 제단 앞에서 큰 소

리로 기도하는 제사장의 모습이라고 함. 兄^형에 입 口^구을 더한 呪^주는 제사장이 빌며 기도하는 모습이 되어 '빌다'를 의미함. 祝^축은 呪^주와 같은 글자임.

赤^적의 갑골문 🔥^적은 마른 장작을 쌓아만든 제단 🔥 위에 사람이 있는 모양으로 인신공양을 하는 모습임. 堇^근과 비교하면, 인신공양을 할 때 스스로 불꽃 속으로 가는 자의 모습은 🔥^적이고, 억지로 묶여서 가는 자는 🔥^근임. 서경에 백성을 적^赤자와 같이 대하라고 하였다는데, '적^赤자'를 간난아기 라고 해석하는 경향이 있음. 이는 동의할 수 없는 해석임.

堇^근의 갑골문 🔥^근, 🔥^근은 모두 마른 장작을 쌓아 만든 제단 🔥 위에 사람이 있는 모양으로 인신공양을 하는 모습임. 堇^근 에 사람을 뜻하는 隹^추을 더한 難^난은 기우제에 산 제물로 끌려가는 백성들의 모습이니 '어려울 난'이고, 堇^근에 사람 을 뜻하는 亻^인을 더한 僅^근은 극심한 가뭄을 기우제를 지 내며 겨우 견디는 자신들의 모습이니 '겨우'를 뜻함. 堇^근 에 口^구를 더한 嘆^탄은 인신공양을 할 정도의 가뭄에 탄식 하는 모습이니 '탄식하다'를 뜻함. 堇^근에 물을 뜻하는 氵^수 를 더한 漢^한은 기우제에 하늘이 감복하여 내린 비를 뜻함.

니들이 정치를 알어?

썰자는 정치를 모릅니다. 그래서 공부를 해 보았습니다. 하지만 하지 말았어야 할 공부였습니다. 정치라는 말은 영어로는 politics라고 하는데, 그리스의 도시국가 polis에서 유래한 말이라고 합니다. 시작부터 웃기는 소리입니다. 그리스에 도시국가가 생길 때에 중국과 인도, 메소포타미아 등 다른 지역에는 정치가 행해지던 문명이 없었습니까? Polis에서 만들어진 플라톤과 아리스토텔레스의 정치 사상이 유럽을 지배하고, polis에서 실시됐던 군주제도, 귀족제도, 참주제도, 민주제도가 정치 형태를 이해하기 위한 기본 개념이 되면서 도시국가를 의미하던 polis가 정치를 의미하는 politics로 개념이 정립되었고, 중국의 청나라가 멸망하여 황제의 통치를 대체할 새로운 제도가 모색되고 있을 때에 중국 근대화의 아버지로 추앙되는 손문孫文**50**이 politics를 政治정치로 번역하였다고 합니다. 서구 헬레니즘의 문화적 패권주의에 완패한 개떡 같은 말입니다. 중국을 비롯한 동양에는 政治정치라는 개념을 정립할 사회현상이 없었고, 政治정치라는 단어도 쓰이지 않았는데, 손문이 politics를 政治정치로 번역함으로써 비로소 동양에 政治정치라는 개념을 정립할 사회현상이 생겼다고 할 때나 가능한 헛소리입니다. 그래서 정치를 책으로 배웠다는 사람들에게 이렇게 묻습니다. '니들이 정치를 알아?'

『조선왕조실록』을 보면 政治정치라는 단어가 무려 백 번이나 등장합니다. 조선의 유학자들은 政정과 治치를 나누어서 논하였으니 그 경우까지 포함하면 셈할 수도 없습니다. 조선의 유학자들은 政治정치라는 단어를 politics를 포함하여 다양한 의미로 사용하였습니다. 그들이 사고는 썰자의 마음에 들지 않지만, 그들의 언어는 훌륭하였습니다.

---

50   백련교도의 난, 아편전쟁, 태평천국의 난으로 흔들리던 청나라는 손문이 삼민주의를 내세우며 일으킨 신해혁명(1911년)으로 1912년 멸망하고, 손문은 중화민국을 설립하여 임시 대총통이 됩니다.

政^정을 썰어보겠습니다. 政^정은 正^정에 攵^복을 더한 글자로 '정벌하다'라는 의미가 있습니다. 正^정의 갑골문 ᄝ^정은 나라를 뜻하는 ᄆ에 군대를 뜻하는 ✓를 더하여 나라를 무력으로 정벌한다는 의미를 담고 있습니다. 무력으로 정벌할 때에 나름대로의 바른 명분을 세웠기에 正^정이 '바르다'라는 뜻을 갖게 되었습니다. 정복된 국가의 국민들은 정복자에 부역한 자들을 제외하고는 모두 노예가 되었습니다. 노예들의 복종을 이끌어 내는 첩경은 혹독한 형벌로 일벌백계하는 것이라고 생각하던 시대에 政^정자가 만들어졌으니 政^정에 더해진 攵^복은 회초리를 든 형리의 모습이고, 형평이 무시된 잔혹한 형벌을 수단으로 하는 政^정은 폭력이었습니다.

중국 최초의 황제 진시황은 강력한 무력과 교묘한 사술로 전국 시대의 6개 나라(한, 조, 위, 초, 연, 제)를 단숨에 정복하였습니다. 기원전 221년의 일이었습니다. 정복 전쟁으로 통일을 이룬 후에는 지혜를 모아 백성의 삶을 안정시키는 治^치를 하였어야 했으나 전쟁을 하던 때와 마찬가지로 혹독한 형벌로 政^정하며 백성을 만리장성의 축조 등 각종 노역에 동원하였습니다. 백성을 안정시키는 治^치가 없었으니 진시황의 나라는 오래갈 수 없었습니다. 노역길에 나섰던 농민 진승과 오광이 '왕후장상의 씨가 따로 있느냐'라며 반란을 일으키고 항우와 유방이 군사를 모아 반기를 드니 15년 만에 멸망하였습니다.

제5공화국을 연 전두환은 미국의 묵인 아래 1980년 5월 18일 무고한 시민들을 학살하며 광주를 점령하여 권력을 장악한 후 가뜩이나 겁에 떨고 있던 국민들을 확실하게 복종시키기 위하여 무고한 6만 명의 시민을 재판도 없이, 삼청교육대에 소속시켜 군부대에 가두어 학대하고, 언론사를 통폐합하여 여론을 말살·조작하고, 국제그룹 등 협조하지 않는 기업을 문닫게 하는 폭압의 政^정하는 한편, 국민의 통합을 위한 治^치로는 Sports, Sex, Screen의 3S 우민화 정책을 행하여 그때 10대 소년이었던 썰자의 영혼을 프로야구와 에로영화로 주무르는 최면술을 행하였습니다. 전두환은 그 죄의 대가로 죽임을 당했어야 했으나 1995년 잠시 구속되는 것으로 면죄되어 아직도 국민 앞에 뻔뻔하게 살아 있으니 S3의 우민화 治^치가 유효했던 것입니다.

Politics를 政治^{정치}로 번역한 손문은 혁명가였습니다. 봉건 왕조인 청나라를 무너뜨리려는 그가 하고자 하는 Politics에는 폭력적이고 권력적인 政^정이 필요하였을 것입니다. 혁명을 꿈꾸는 그에게 정치의 본질은 政^정이었을 것입니다. 하지만 백성이 원하는

Politics는 폭력적인 政^정이 아니라 평화적인 治^치입니다.

治^치를 썰어보겠습니다. 治^치는 중국 북경과 천진의 인근을 흐르는 영정하^{永定河}를 가리키는 글자[51]입니다. 산이나 강의 이름과 같은 지명으로 만들어진 글자는 상형자 또는 회의자로 이해하면 그 뜻을 알 수가 없습니다. 역사문화적인 시각으로 이해하여야 합니다. 영정하^{永定河}는 본래 치수^{治水}, 습수^{濕水}, 노구하^{盧溝河} 등으로 불리었습니다. 영정하에는 1280년경 원나라를 여행하던 마르코폴로가 "칸의 도시로 들어가는 곳에는 세상에서 가장 아름다운 다리가 있다."라고 칭송한 노구교가 있습니다. 1937년 이 노구교를 사이에 두고 대치하던 중국군과 일본군 사이에 노구교사건이 발생하였고 이로 인해 전면적인 중일전쟁이 발발하였기에, 역사적으로 중요한 다리입니다. 治水^{치수}는 수해가 날 때마다 물길이 이리저리 바뀌는, 강바닥이 낮은 불안정한 강이었기에 홍수가 나더라도 물길이 바뀌지 않도록 제방을 쌓아 관리할 필요가 있었습니다. 治水^{치수}의 물길을 제대로 잡아 바뀌지 않게 된 것은 명나라 때입니다. 물길을 잡은 후 治水^{치수}의 이름은 물길이 영원히 바뀌지 말라는 바

---

51 설문해자. 治水。出東萊曲城陽丘山。南入海。

람으로 영정하永定河라고 바꾸었습니다. 治水치수의 상태가 이러했으니 治치는 수해를 예방하기 위하여 수로를 만들고 제방을 쌓는 것 등으로 관리하는 모습을 담고 있습니다.

治치를 제대로 하기 위해서는 백성을 조직하고 교육하여 통합을 이끌어 내는 지도자가 필요하니 공자는 지도자의 덕을 갖춘 군자를 교양하는 데 진력하였습니다. 공자가 인의예지仁義禮智로 교양하려 했던 군자는 귀족계급이었습니다. 고도로 교양된 지도자의 治치를 통하여 대동사회를 이룰 수 있다고 믿은 공자는 낭만적인 사람이었습니다. 공자 자신이 귀족이기에 그런 낭만을 가졌을 것입니다. 썰자는 공자와 같은 낭만주의자는 아닙니다. 治水치수의 변화무쌍한 물길을 바로 잡듯이 다양한 사회적 욕구를 정리하고 합의를 이끌어 내어 공동의 선을 향하여 대동단결하여 나아가도록 지도할 수 있는 治者치자가 필요한데, 그런 治者치자의 등장은 선거로 상징되는 현대의 민주주의 사회에서는 불가능하다고 생각합니다. 선거는 권력자가 바뀔 수 있다는 가능성일 뿐입니다. 선거를 통하여 출중한 치자治者가 등장하고 그의 영도로 사회적 갈등과 모순을 궁극적으로 해결할 수 있을 것이라는 희망은 환상입니다. 부의 편재와 권력의 집중이 있는 한 갈등과 모순은 끊이지 않을 것입니다. 부와 권력이 균등하게 배분되어야 갈등과 모순이 사라질 터인데, 선거 자체가 당선자에게로 권력이 집중되는 것을 내포하고 있으니 바랄 것이 없습니다. 성군으로 극찬받는 요 임금과 순 임금은 권력을 독점하지 않았습니다. 부족민들과 권력을 공유하고 있었으니 부족회의에서 다음 임금을 평화롭게 추대할 수 있었습니다. 현대 사회에서는 정보가 권력이 되고 있습니다. 썰자는, 권력의 집중이 없는 유토피아적 사회를 향한 권력의 분산은 정보의 공유, 정보의 민주화를 통해서 이루어질 수 있다고 믿습니다. 공유되지 못하는 정보, 비밀이 많은 사회는 어두운 사회입니다. 비밀보다 더 무서운 것은 왜곡된 정보, 가짜 정보입니다. 현대 사회의 治치는 범람하는 물길을 잡는 治水치수에서 거짓된 정보情報의 물길을 잡아내고, 신神을 조작하듯 여론을 조작하여 부정한 이득을 보려는 무당을 다스리는 治情치정이 되어야 합니다.

　　대한민국의 정치인들은 자신의 역할이 治치에 있다는 것을 모르고 있습니다. 정치적 적을 설정하고, 정적과 자신이 운명을 걸고 싸워 政정하는 것으로 역할을 다하고 있다고 생각합니다. 싸움에만 능할 뿐, 治치를 모르는 그들은 무당이 연출하는 드라마의 주인공일 뿐입니다. 治치를 모르는 정치인들에게 이렇게 묻고 싶습니다.

'니들이 정치를 알어?'

弄經 글해

治치는 물을 뜻하는 氵수와 평평하고 높은 곳을 의미하는 台대로
썰림. 강바닥이 높고 평평하여 홍수가 나면 물이 제멋대로
흐르는, 북경과 천진 인근의 강 治水치수의 이름으로 만들
어진 글자임.

情정은 마음을 뜻하는 心심에 靑청을 더하였음. 靑청은 새싹이 돋
는 모습을 표현한 生생에 염료를 뜻하는 丹단으로 썰림. 丹
단은 붉은색 안료를 뜻하는데 生생이 더해진 靑청은 푸른색
안료 석청을 가리키고, 이로부터 '푸르다'를 의미함. 푸른
색의 염료는 귀한 것이니 靑청에는 '귀하다'라는 의미가 담
겨 있음. 靑청은 땅속 깊은 곳에서 구할 수 있었으므로 靑
청에 心심을 더한 情정은 '마음속 깊이 있는 속마음', '구하기
힘든 것을 구하려는 욕심' 등을 뜻함.

報보는 '일찍 죽을 것을 면하고 살았다.'라는 의미를 갖는 幸행과
잡혀서 무릎을 꿇고 있는 사람을 표현한 卩로 썰림. 생포
한 죄인을 뜻한다고 함. 죽이지 않고 생포하였으니 복종할

것이어서 '복종하다'를 뜻하고, 윗사람의 명령으로 죽이지 않고 생포하였을 것이니 윗사람에게 생포하였음을 알릴 것이어서 '알리다'를 의미함.

쫘아쉬

　중국에서 문화혁명을 통하여 완전히 잊혔던 공자가 부활하였습니다. 각종 매체에서 모택동과 어깨를 나란히 하고 있습니다. 이에 대항하여 노자와 묵자도 덩달아 부활을 하려고 합니다. 공자는 인仁으로 기억되는 사람입니다. 그런데 공자는 극기복례克己復禮를 인仁이라고 하고, 맹자는 인의예지仁義禮智가 덕德이라고 하고, 주자는 덕德이 인仁이라고 합니다. 그렇다면 인의예지仁義禮智가 인仁이라는 결론에 도달합니다. '도레미파는 도다?' 썰자에게 주자의 결론은 바보스럽습니다. 공자와 맹자가 말씀하던 시대는 무지한 제후들이 천자 자리를 탐하여 설쳐대며 서로가 서로를 상대로 정벌전을 벌이던 난세였습니다. 난세가 권력자들의 무지에서 비롯되었기 때문에 권력을 쥐고 있던 무지한 군자들을 가르쳐 난세를 극복하려 그분들은 노력하였습니다. 그러니 그분들이 하던 말씀은 무지한 칼잡이 권력자들을 상대로 하는 아주 쉬운 말이었습니다. 그런데 태평성대를 살던 후대의 학자들이 그분들의 말씀에 온갖 현학질을 더하며 '도레미파는 도다?'라는 식의 이론을 만들어 가르쳤습니다. 그 현학질에 가장 능하였던 부류가 이황, 이이로 대표되는 조선의 유학자들이었습니다.

仁인을 썰어보겠습니다. 공자는 仁인이 무엇이라고 논한 바가 없습니다. 공자가 살던 시대에 仁인은 아주 쉬운 글자였습니다. 사람을 뜻하는 인人에 둘을 뜻하는 이二를 더한 글자로 '사람이 둘 있다'라는 단순한 의미입니다. '사람을 셋 있다'는 삼仨이 있고, '사람이 넷 있다'라는 혁㑀도 있고, '사람이 다섯 있다'라는 오伍도 있으니, 仁인은 특별한 것을 의미하지 않았습니다. 안하무인의 갑질에 젖어 있는 귀족의 자제들에게 '너 혼자 귀하다고 생각하여 갑질하지 말고 다른 사람도 귀하니 인격적으로 대하라'라고 가르치던 평범한 말이었습니다. 조금 품위 있게 표현하자면 '사람들과의 원만한 관계', '배려심'을 仁인이라고 말하였다고 이해하면 됩니다.

"너희가 하루라도 자제하여 예의를 갖추면 천하가 감동하여 너희를 배려하게 될 것이니 너희들이 자제함은 너희를 위한 것이지 다른 사람을 위한 것이 아니다."⁵²라는 말은 귀족 자제들의 오만방자함이 극심하였기에 그들에게 예의를 갖추어 살라고 요구하신, 지극히 평범한 말이었고, 그들의 예의에 천하가 감화될 것이라고 하는, 말도 안 되게 과장한 말이었습니다. 예를 행하는 모습은 부자, 군신, 부부, 친구 등 인간관계의 유형별로 각별하니 仁인을 행하는 방법을 인간관계의 각 경우에 맞게 변화를 주어 말씀하신 것이 오해를 받아 마치 仁인이 기초 덕목인 효孝·제悌·예禮·충忠·서恕·경敬·공恭·관寬·신信·민敏·혜惠·온량溫良·애인愛人의 총합이고 그중 충忠·서恕가 仁인의 핵심인 것처럼 개념이 정립되니 엉뚱하게 난해해졌습니다. 썰자는 그딴 것 공부하지 않았어도 충분히 仁인합니다.

공자가 살던 춘추 시대는 귀족계층인 人인과 노예계층인 民민이 구별되던 시대였고, 공자는 귀족인 人인을 벼슬을 못하는 소인小人과 벼슬하는 군자君子로 분별하면서 소인小人들에게 군자君子가 되기 위한 출세의 교양으로 仁인을 가르친 사람이었습니다. 금수저들의 고액 과외 선생이었다고 할 수 있습니다. 공자가 仁인을 행하는

52　克己復禮 爲仁 一日克己復禮 天下歸仁 爲仁由己 而由人乎哉

방법으로 말한 여러 방법 중의 하나인 愛人^{애인}에서 人^인은 귀족계급이지만 벼슬자리를 얻지 못하여 비굴하던 소인^{小人}들이었습니다. 공자의 仁^인이 귀족 신분 질서의 안정을 위한 덕목이었다는 편협함을 감추어 전 인류적인 스승으로 격상하려는 후세인들이 애인^{愛人}에 가필하여 말하기를 仁^인의 핵심이 '사랑'이라고 하는데, 공자가 살던 시대에는 愛^애가 '사랑'을 뜻하지 않았습니다. 愛人^{애인}에서 愛^애가 사랑이라면 '벼슬하지 못하는 귀족계급을 사랑하라'가 되는데, 이는 이상하지 않습니까? 벼슬하지 못하는 귀족계급은 잘 먹고 잘 살았습니다. 적선하는 억지 사랑은 필요하지 않았던 금수저들입니다. 愛^애를 사랑이라고 해석하는 것은, '사랑이 최고'라고 여기는 기독인들의 착각입니다. 공자 시대의 愛^애는 '관찰하여 알아보다'라는 의미였습니다.

공자는 춘추 시대에 할거하던 제후국을 천자국을 중심으로 하는 차별적 신분 질서에 귀속시켜 사회적 안정을 이루고 전란을 극복할 수 있다고 생각한 사람이었습니다. 중국의 천자들은 천자가 세상의 중심이 되어야 한다는 공자를 존중할 수밖에 없었을 것입니다. 요즘말로 하면 공자는 어용학자였습니다. 공자는 전제군주를 위한 맞춤형 교육자였기에, 의도하지는 않았겠지만, 벼슬하는 군자^{君子}를 인격의 완성자로 존중하도록 가르쳤습니다. 차별적 신분 질서에 반대하는 문화혁명 때의 홍위병들에게 공자는 적이었습니다. 그들은 공자의 묘까지 파헤치면서 공자를 역사 속에서 말살하려고 하였습니다. 하지만 지금의 중국에는 또다시 전제군주인 천자가 나타나려고 하고 있습니다. 무례한 귀족의 자제들을 교화하는 덕목인 공자의 仁^인은 새로운 천자를 맞이하는 중국 인민들에게 '네 꼬라지를 알고 찌그러져 있어.'라는 억압과 세뇌의 수단으로 바뀌고 있습니다. 仁^인의 쓰임새가 바뀌었지만 반민중적이기는 마찬가지입니다. 중국의 대학생에게 공자를 물으니 조심스럽게 "공자는 쭤아쉬^{炸尸}53"라고 했습니다. 공자의 가르침은 후대의 가필에 힘입어 소중한 인류문화유산이 되었지만, 부활하는 공자는 중국인들에게 '네 꼬라지를 알고 찌그러져 있어.'라고 말하는 개-쭤아쉬라는 생각이 듭니다.

공자로부터 仁^인을 배운 맹자는 인의예지^{仁義禮智}가 덕^德이라고 하였고, 주자는 덕^德이 仁^인이라고 하였습니다. 공자의 말에서 비롯된 덕^德으로 보이지만 공자는 덕^德이 무엇인지 말하지 않았습니

---

53 炸尸의 사전적인 의미는 '1. 시체가 벌떡 일어나다 2. 느닷없이 지랄발광하다 3. 갑자기 떠들다'이지만, 일반적으로는 '지랄한다'라는 뜻으로 쓰입니다.

다. 공자는 "정政으로 다스리면 민民이 수치羞恥를 모르게 되니 덕德으로 다스려 수치羞恥를 알게 하라."[54]라고 하여 덕德을 정政과 대립시키고, "군자의 덕德은 바람이요, 소인의 덕德은 풀입니다. 풀 위에 바람이 불면 반드시 풀은 반드시 쓰러진다."[55]라고 하여 소인의 덕德과 군자의 덕德은 다르다고 하였습니다. 벼슬하는 군자에게 벼슬 못하는 귀족들을 대할 때에는 인仁을 행하라고 요구하고, 노예에 가까운 신분의 민民을 다스릴 때에는 덕德으로 하라는 것인데, 인人을 대하는 인仁에 관하여는 구구절절한 방법을 말했지만 민民을 다스리는 덕德에 관하여는 그 내용을 말하지 않았습니다. 공자가 민民에 관하여는 마음을 둔 적이 없었기 때문에 굳이 덕德의 내용을 세분하여 말하지 않았다고 생각하면 공자는 사람에 대한 차별이 극심한 분이었다. 그러한 공자의 편협함이 안타까웠는지 맹자는 인의예지仁義禮智가 덕德이라고, 주자는 덕德이 인仁이라고 얼버무려 주었습니다.

　　덕德이 무엇인지 비분석적으로 생각해 봤습니다. 겉치레 인사

54　道之以政齊之以刑民免而無 道之以德齊之以禮有恥且格.

55　君子之德風 小人之德草 草上之風 必偃

말로 '잘 계시냐?'라고 물으면 상대방도 겉치레로 '덕德분에 잘살고 있다'라고 하는데, 그 덕을 생각해 보았습니다. 썰자가 지금의 언어를 한글로 표현하며 살고 있음은 세종대왕의 덕德입니다. 대한민국에서 자유를 누리며 사는 것은 6·25전쟁에서 대한민국을 지원한 미국의 덕德이고, 지금의 넉넉한 생활을 하는 것은 가난에 불구하고 썰자의 고시생 생활을 지원해 주신 아버지와 어머니의 덕德입니다. 이렇듯 누군가의 덕德으로 삶이 안정될 수도 있지만, 돌이킬 수 없는 불행에 빠질 수도 있습니다. 그때 덕德은 탓이 됩니다.

덕이 무엇인지를 알기 위하여 德덕을 썰어보겠습니다. 德의 갑골문 ♯덕은 갈림길을 뜻하는 彳과 눈을 똑바로 뜨고 있는 모습의 ♨로 썰립니다. 길과 이정표가 없었던 옛날, 부족의 이동은 생존을 위한, 생사를 거는 행사였습니다. 갈림길에서 방향이 잘못 설정되면 부족의 운명이 위험하게 됩니다. 생과 사를 가르는 선택이다. 德덕에 그려진 갈림길 彳은 생과 사를 가르는 선택의 길목입니다. 허허벌판이거나 앞이 보이지 않는 첩첩산중에서 갈피를 잡지 못하는 부족민들의 앞에 서서 ♨눈을 똑바로 뜨고 가야 할 길을 가리켜주는 모습이 德덕입니다. 길을 가리켜주는 사람이 갈피를 잡지 못하여 왔다갔다 하면 그런 德덕을 몹쓸 변덕變德이라고 합니다. 사회가 발전하면서 생사를 가르는 선택의 대상은 벌판의 길에서 마음 속의 길로 바뀌었습니다. 갑골문 ₥덕에 마음을 뜻하는 ♡心을 더한 ₰덕이 만들어졌습니다. 德덕의 결과가 좋으면 삶이 안정될 것이고, 나쁘면 돌이킬 수 없는 불행에 빠질 수 있으니 德덕을 행하는 자는 올바른 선택을 위한 지혜를 반드시 갖추어야 합니다. 맹자는 인의예지仁義禮智가 덕德이라고 하였는데, 인의예지仁義禮智 모두 선택의 기준이 될 수 있으니 옳은 말입니다. 어떤 길목에서는 인仁으로, 어떤 길목에서는 의義로, 어떤 길목에서는 예禮로 선택하여야 하는데, 그러한 선택은 모두 지혜로워야 하니 지智가 덕德의 가장 중요한 덕목입니다.

지금의 중국에 공자가 부활하였습니다. 모택동과 공자가 어깨를 나란히 하고 있고 공자학당이 중국 전역에 만들어지고 있습니다. 공자를 모택동에 버금가도록 이미지화하는 기획은 누구의 지智혜이고 덕德이겠습니까. 바로 중국의 공산당입니다. 공자의 부활에 대하여 중국의 인민들 중에는 쫘아쉬詐尸라고 비난하는 자가 있지만 쩔자는 중국 공산당의 변화에 기대하는 바가 있습니다. 국민의 평균적 의사에 기대는 민주주의는 옳지 않았던 경우가 많습니다. 국민의 평균적 의사는 무당언론에 의하여 조작되고 있습니다.

플라톤도 민주주의는 정치제도들 중 가장 하등한 정치제도라고 하였습니다. 공산당의 치세가 독재라고 하지만 공산당은 집단이성입니다. 오만방자한 귀족들의 교화 덕목인 공자의 仁인이 인민의 분파적·이기적 욕구를 잠재우는 세뇌의 수단으로 전락하더라도, 그러한 역할의 바꿈을 통하여 새로운 중국을 만들어 내려는 공산당이라는 집단이성의 치治가 어떤 결과를 거둘 것인지 자못 기대됩니다.

사실 썰자는 공자를 평할 수 있을 만큼 공부의 깊이가 깊지 못합니다. 공자의 말을 지금의 시선에서 보면 특별하지 않은 평범한 말이지만, 춘추 시대에는 아무도 하지 못하던 혁명적인 말이었을 것임을 인정합니다. 공자가 14년간에 걸쳐 중국을 주유하면서 각 제후국에 흩어져 있는 문헌을 모으려는 노력을 하지 않았다면 춘추 시대 이전의 문헌들은 대부분 사라졌을 것입니다. 공자는 다방면에서 특출난 재주를 가진 사람이었고 그 재주에 걸맞은 지혜와 덕을 갖추고 있었기에 중국의 전역을 다니면서 귀족들에게 가르침을 전하고 제후들로부터 대부에 준하는 대접을 받을 수 있었습니다. 공자는 예와 더불어 악을 중시하였는데, 공자 자신이 현재의 아이돌에 버금가는 예악의 실력자였습니다. 동주 시대부터 춘추 시대까지의 민요 3천여 곡을 정리하여 그중 311곡을 『시경 』으로 묶었고, 311곡 모두를 암송하여 다른 곡조로 불렀다고 하니, 몇 년씩 합숙하며 노래를 배우는 지금의 아이돌도 따라갈 수 없는 능력입니다. 공자의 14년간에 걸친 주유천하는 유명 가수의 전국 순회 공연과 같았을 것입니다. 휘황찬란하게 치장한 수레를 타고 수많은 제자와 더불어 순회 공연을 하는 공자의 모습을 생각해 봅니다. 공자를 우상화하려는 자들은 공자의 14년 주유천하를 고행길로 묘사하고 싶어 하지만, 공자는 그 재주에 걸맞은 대접을 받으며 살아온, 제후급의 귀족이었습니다. 잊혀 가는 고전 지식을 수집하여 확대 재생산한 선구자였고, 자로와 같은 거상을 동반하여 춘추 시대의 각 제후국을 주유하며 지식과 신문물을 전파하던, 그 시대 최고의 무역상이었습니다. 공자는 "나이 오십에 천명을 알았다."라고 하였습니다. 공자는 주역을 공부하였습니다. 주역에 능하여 점복을 칠 수 있게 되니 천명을 알았다고 하였습니다[56]. 공자는 뛰어난 점쟁이였던 것입니다. 쫘아쉬로 부활하는 공자는 비현실적인 성인이 아니라 춘추 시대 최고의 예악인, 최고의 점쟁이, 최고의 지식인으

---

56 吾十有五而志於學, 三十而立, 四十而不惑, 五十而知天命, 六十而耳順, 七十而從心所欲不踰矩.

로서의 인간적인 면이 조명되어 오늘날을 살아가는 우리들에게 진

정한 감동을 주기를 바랍니다.

孝經 글해

仁^인은   사람을 뜻하는 亻^인에 둘을 뜻하는 二^이를 더한 글자로 '사
       람이 둘 있다.'라는 의미임. 비슷한 구성으로 '사람이 셋 있
       다.'라는 삼^仨이 있고, '사람이 넷 있다.'라는 혁^仦, '사람이
       다섯 있다.'라는 오^伍가 있음.

忠^충은   '가운데'를 뜻하는 中^중에 '마음'을 뜻하는 心^심을 더한 글자
       로, '마음 한가운데'를 뜻함. '충성, 정성을 다하다' 등을 의
       미함.

恕^서는   '같다, 따르다'라는 의미가 있는 如^여에 '마음'을 뜻하는 心^심
       을 더한 글자로, '용서하다'를 뜻함. 如^여는 포획되어온 노
       예를 뜻하는 女^여에 '말하다'라는 의미의 口^구를 더한 글자
       임. 포획된 노예들과는 말이 통하지 않았는데, 예외적으로
       말이 통하는 노예임. 말이 통하니 '같다'를 뜻하고, 말이 통
       하여 잘 따르니 '따르다'를 뜻함. 말이 통하는 노예는 다른
       노예들과 다르게 우대하였으니 '용서하다'를 뜻함.

民^민의   금문 🐦^민은 쇠꼬챙이로 눈을 찌르는 모습임. 옛날에는 노

예의 한쪽 눈을 찔러 멀게 하거나, 다리를 잘라 도망가지
못하게 하였음. 노예들이 양민이 되어 民민은 백성을 뜻
함. 民민은 시대의 변천에 따라 노예에서 피통치자로, 피통
치자에서 권력의 원천으로 바뀌었음.

조용한 아침의 나라

　'조용한 아침의 나라'는 인도의 시인 타고르가 쓴 '동방의 등불'이라는 시에서 유래된 말이라는 설이 있는데, 정작 그 시에는 '동방의 등불'이라고 해석될 수 있는 구절이 없습니다. 그러므로 웃긴 설입니다. 정확한 유래는 다음과 같습니다. 미국의 저술가이자 동양학자, 목사였던 윌리엄 엘리어트 그리피스가 1882년에 쓴 『은둔의 나라 코리아(Corea, the Hermit Nation)』의 서문에서 조선을 가리켜 'the land of the morning calm'이라고 한 것이 처음이라고 합니다. 그리피스는 일본에서 주로 활동하던 사람으로 한국의 자세한 사정에 관하여 전혀 알지 못하는 사람이었습니다. 일본은 청나라가 아편전쟁에서 패한 후 메이지유신을 거쳐 급속하게 근대화를 이루었습니다. 그리피스는 도쿄대의 물리학과 교수로 재임하면서 메이지유신의 격동을 지켜보고 기여하였으니 그리피스의 시선은 일본인들의 시선과 같습니다. 조선을 먹어 삼키려던 일본과 같은 시선으로 조선을 비하해서 보고 있었습니다. 비하하는 표현으로 '은둔의 나라'라고 하였습니다. 그리피스의 비하심을 모르는 우리는 은둔을 아름답게 받아들이고 있습니다. 슬프지 않습니까?

그리피스가 말하는 '조용한 아침의 나라(the land of the morning calm)'라는 표현은 머지않은 시일 내에 일본의 침략이 노골화될 것이라는 협박이었습니다. 'morning calm'은 해안 지역에서 야간에 불던 육풍이 멈추고 해풍이 불기 시작할 때까지의 무풍 상태를 말합니다. 여름밤의 육지는 낮의 열기가 무색하게 차가워지지만, 바다는 온도가 잘 변하지 않습니다. 육지의 차가워진 공기는 낮의 열기를 품고 있는 바다를 향해 느리게 이동하니 여름철 밤바다에는 부드럽고 시원한 바람이 붑니다. 바람은 해가 뜨기 전까지 불다가, 해가 떠서 육지가 달구어지기 시작하면 멈춥니다. 조용한 바닷가의 아침, 'morning calm'입니다. 일본은 조선을 통하여 선진 문물을 받아들였고, 통신사를 통한 교역 덕분에 발전할 수 있었습니다. 그리피스는 그 시기를 일본과 조선의 밤으로 본 것입니다. 대륙의 조선으로부터 불어오던 시원한 밤 바람. 그 바람이 메이지유신으로 깨어난 일본에 더는 필요없게 되었습니다. 조선과 일본 사이에 'morning calm'이 온 것입니다. 그때 그리피스가 『은둔의 나라 코리아』를 저술하여 'morning calm'이라고 하였습니다.

'morning calm'을 어떤 이는 조용한 아침이라고 하고, 어떤이는 고요한 아침이라고 합니다. 하지만 썰자에게는 조용함과 고요함이 같은 말로 느껴지지 않습니다. 교실의 떠드는 아이들에게 조용히 하라고 소리치는 사람은 흔해도, 고요히 하라고 소리치는 사람은 본 적이 없습니다. 조용操踊은 操踊조용이라고 씁니다. 操조는 많은 새가 나무에 앉아 우는 모습을 담은 喿소와 '조절하다'라는 의미로 더해진 손을 상형한 扌수로 썰립니다. 시끄럽던 상황이 조절되어 조용해졌음을 뜻합니다. 踊용은 골목길을 뜻하는 甬용에 발을 상형한 足족을 더하여 골목길에서 뛰어 다니는 모습입니다. 甬용은 본래 나무로 만든 '통'인데 가차되어 '길'의 의미로 쓰이게 되자 나무통을 가리키는 글자로 桶통이 만들어졌습니다. 操踊조용은 골목길을 뛰어다니는 아이들과 나무에 모여 울어대는 새들을 조절하여 조용하게 한다는 뜻입니다. 이에 반하여 고요孤寥는 孤寥고요라고 씁니다. 외로운 느낌의 단어입니다. 孤고는 오이, 수박 등 넝쿨식물의 열매를 뜻하는 瓜과와 子자로 이루어졌는데, 어떻게 하여 '고아'를 의미하게 되었는지는 알 수 없습니다. 아직도 뜻을 모르는 자가 있다는 사실에 아이러니하게도 한자를 공부하는 맛이 느껴집니다. 寥료는 '높이 날다'라는 의미가 있는 翏료와 집을 뜻하는 宀면으로 썰립니다. 높이 날아야 할 새가 잡혀서 집에 갇혀 있으니 '쓸쓸하다'를 뜻합니다. 操踊조용과 孤寥고요를 비교해보니 'morning calm'은 떠들썩하다가 조용하게 조절된 상태를 뜻하는 操踊조용이라고 번역하는 것이 맞습니다. 외로운 느낌의 孤寥고요와는 어울리지 않습니다.

'morning calm'이 지난 후 한국은 거센 해양 세력과 맞서 싸워야 했습니다. 1866년 프랑스 군대가 쳐들어왔습니다. 대원군이 프랑스의 선교사 9명을 처형하였으니, 그에 대한 보복으로 조선인 9천 명을 죽이겠다는 학살의 의지로 강화도를 점령하였습니다. 프랑스군의 앞잡이는 천주교도인 최선일, 최인서, 심순녀였습니다. 프랑스군의 화력은 대단하였지만 다행히 양헌수가 정족산성에서 프랑스군을 격퇴했습니다. 바로 병인양요입니다. 1868년에는 독일인 오페르트가 조선의 천주교도를 앞잡이로 하여 숨어들어와서는 대원군의 아버지인 남연군의 묘를 도굴하려고 파헤쳤습니다. 1871년에는 미 해병대가 강화도에 쳐들어왔습니다. 바로 신미

양요입니다. 강화도를 지키던 조선군 500명 중 243명이 전사하였고, 100여 명이 익사하였으니 조선군 3명 중 2명이 죽은 것입니다. 조선군 모두가 죽음을 두려워하지 않고 저항하였고 미군은 학살로 대응하였다고 합니다. 미군은 학살을 마친 다음 날 바로 철수하였습니다. 3백여 명의 조선군을 왜 죽였느냐고 묻고 싶습니다. 프랑스와 미국의 침략을 겪은 조선을 두려움에 떨었습니다. 의지하였던 중국은 1840년 아편전쟁으로 이미 무너졌고 1894년 청일전쟁에서도 패했습니다. 일본은 1904년 러일전쟁에서도 이겼습니다. 이후 바닷바람의 주체는 일본이 되었고, 조선은 무너졌습니다.

'morning calm'은 조선이 일본에 의해 망하게 되는 역사적 시작점을 함의하고 있습니다. 대한항공의 특별회원을 모닝캄 회원이라고 합니다. 대한항공에 역사의식이 있다면, 모닝캄을 다른 말로 바꿔야 하지 않을까요?

操^조는 많은 새가 나무에 앉아 우는 모습을 담은 喿^소와 '조절하다'
　　　라는 의미로 더해진 손을 상형한 扌^수로 썰림. 시끄럽던 상
　　　황이 조절되어 조용해졌음을 뜻함.

踊^용은 골목길을 뜻하는 甬^용에 발을 상형한 足^족을 더하여 골목
　　　길에서 뛰어다니는 모습임. 甬^용은 본래 나무로 만든 '통'
　　　인데 가차되어 '길'의 의미로 쓰이게 되자 나무통을 가리키
　　　는 글자로 桶^통이 만들어졌음.

孤^고는 오이, 수박 등 넝쿨식물의 열매를 뜻하는 瓜^과와 왕족을 뜻
　　　하는 子^자로 이루어졌는데, 어떻게 해서 '고아'를 뜻하게 되
　　　었는지에 대한 견해는 없음.

寥^료는 '높이 날다'라는 의미가 있는 翏^료와 집을 뜻하는 宀^면으로
　　　썰림. 집이 바람에 날아간 상황을 담고 있음.

앎, 아름다움

　영국의 경제학자인 에른스트 슈마허는 『작은 것이 아름답다』라
는 책을 저술하였습니다. 맹목적인 성장을 본성으로 하는 자본의
지배 아래에 놓인 현대 산업 문명에 대한 불교적 시각의 비판을 담
고 있어 환경주의, 생태주의의 고전으로 여겨지며 20세기를 대표
하는 책이라고 칭송받는 책입니다. 하지만 썰자는 무식하니 용감
하게 이렇게 반문해 봅니다. '작으면 귀엽지, 아름다운가?' 슈마허
는 욕망을 줄이고 작은 것에 대한 관심을 가져야 한다고 합니다. 건
강과 깨끗함, 심리적 만족과 같은 비경제적 가치에 아름다움이 있
고, 인간과 자연의 소박한 공존이 아름답다고 합니다.

　썰자는 노래를 잘합니다. 공존을 생각하면서 노래해 봅니다. ~

꽃잎 끝에 달려 있는 작은 이슬 방울들, 빗줄기 이들을 데려와서 음 어디로 데려갈까. ~ 바람아 너는 알고 있니, 비야, 너는 알고 있니. 방의경이 스코틀랜드의 민요를 번안하였고, 양희은이 부른 '아름다운 것들'이라는 노래입니다. 방의경이 작사·작곡한 노래들은 모두 금지곡인데 양희은이 부른 '아름다운 것들'은 1970년대의 국민가요가 되었습니다. 박정희에게도 아름다운 것이 있었을까? 방의경은 김민기와 더불어 가장 영향력이 있는 저항가수였습니다. 성장의 늪에 빠진 자본과 권력은 이슬 방울이나 도롱뇽에 관심이 없습니다. 이슬 방울의 아름다움은 그 영롱함에 있지 않습니다. 지금은 이슬방울이 미세먼지로 더럽혀져 있지만, 이슬방울로 목을 축이려고 했던 어린 날이 기억납니다. 도롱뇽은 눈이 툭 튀어나와 흉물스럽게 생겼습니다. 추한 도롱뇽이 아름다운 이유는 그것이 살아 번식하는 곳에서 들판을 뛰놀며 단순하지만 온종일 즐거웠던 어린 날 공생의 삶이 아름답기 때문입니다.

슈마허가 쓴 '작은 것이 아름답다'라는 책의 제목은 'Small is beautiful'를 번역한 것입니다. 사전적으로 beautiful은 '아름답다, 훌륭하다, 뛰어나다'를 의미합니다. beautiful의 어원은 '좋다'라는 의미의 라틴어 bene에서 유래된 beauti와 '풍부하다'라는 의미

의 ful입니다. '좋은 것이 많다'라는 의미입니다. 우리말 '아름답다'
의 어원은 '알다'에서 비롯되었습니다[57]. 아는 방법은 가지가지이
지요. 들어서 알기도 하고, 읽어서 알기도 하고, 보아서 알기도 합
니다. 깨달아서 알기도 합니다. 아름답다고 할 때의 '알다'는 知지입
니다. 知지는 들어서 알게 된 것, 읽어서 알게 된 것을 말합니다. 자
연과 국가, 개인과 사회의 역사에 관하여 배워서 알게 된 앎입니다.
『나의 문화유산 답사기』를 쓴 유홍준 교수는 아는 만큼 보인다고
했습니다. 영국의 철학자인 프랜시스 베이컨은 아는 것이 힘이라
고 했습니다. 다 맞는 말입니다. 썰자는 앎이 아름다움이라고 생각
합니다.

知지를 썰어보겠습니다. 화살을 뜻하는 놋시는 옛날 사냥과 전
쟁에서 가장 중요한 무기였습니다. 날카롭고 멀리 날아갈 수 있게
만든 화살은 귀한 물건이었지요. 지금도 옛날의 제작법으로 만드
는 화살을 만들려면 비용이 상당히 많이 듭니다. 금속으로 만들어
진 화살 촉은 그 가치가 돈 이상이었을 것입니다. 知지에서 놋시는

57　다른 견해는 '아름'이 어원이라고 합니다. '진달래꽃 아름따라 뿌리오리다'라고 할 때
의 아름입니다. '아름드리 소나무'라고 할 때의 아름입니다. 두 팔로 껴안을 수 있는 크기나
양을 뜻합니다. 월간 미술 2000. 8. 우리말 아름다움의 어원

단순한 화살이 아닙니다. 적의 몸통을 꿰뚫은 화살이거나, 사냥감에 꽂힌 화살입니다. 사냥을 하고 온 사람들이 자신의 화살이 먼저 맞혔다고 시끌벅적하게 떠드는 모습이 知^지에 담겨 있습니다. 口^구는 시끄럽게 떠드는 사람들을 의미합니다. 시끄럽게 떠들어대는 자랑을 통하여 사냥에 성공하는 비결과 적으로부터 부족을 지켜낸 위대한 인물을 알게 됩니다. 사냥에 성공하는 비결은 beauti하고, 부족을 지켜낸 위대한 인물 또한 beauti합니다. 그보다 더 좋을 수는 없습니다. 그 beauti함을 묶어서 대대손손 전해질 이야기를 만드는 이는 지혜로운 사람입니다. 지혜를 뜻하는 智^지입니다. 무용담을 뜻하는 知^지에 더해진, 공자 왈 맹자 왈 할 때에 쓰는 日^왈은 대대로 전해지는 이야기를 뜻합니다. 강물 같은 이야기를 품고 뭇사람에게 이야기를 나누는 지혜로운 사람은 아름답습니다.

아름다움에는 이야기가 있어야 합니다. 서사가 없는 돈은 더럽고, 역사가 없는 민족, 신화를 갖지 못한 민족은 비굴합니다. 안치환은 '사람이 꽃보다 아름다워'를 노래하면서 누가 뭐래도 사람이 꽃보다 아름답다고 하였습니다. 아름다운 이유는 노래의 온기를 품고 살기 때문이고, 서로를 쓰다듬으며 부둥켜안은 채 느긋하게 정들어 가기 때문이며, 슬픔에 굴하지 않고 비켜서지 않기 때문이라고, 사랑이 숲이 되고 산이 되고 메아리가 되어 남기 때문이라고 하였습니다. 우리의 역사에서 메아리가 되어 있는 고려는 아름답습니다. 12척으로 왜 수군의 133척을 물리친 이순신 장군, 권총 한 자루로 이토 히로부미를 암살한 안중근 의사는 아름답습니다. 꽃은 아름답지 않습니다. 이야기가 없는 꽃은 예쁠 뿐입니다. 간난아기도 예쁠 뿐입니다. 대개 같을 것입니다. 간난아기를 보고 아름답다고 하는 사람은 없습니다.

아름다움은 보기에 좋은 경우도 있지만 그렇지 않은 경우도 있습니다. 영화 '아름다운 청년 전태일'을 보았습니다. 전태일 열사가 청계천 노동자들의 삶을 부여잡고 자신을 헌신하는 정신은 아름답지만, 분신하는 그 장면은 끔찍합니다. 아름다움과 예쁨은 같은 의미가 아닙니다. 아름다움은 치열한 삶의 현장에서 이루어지는 공감과 소통에 있습니다. 그런 이유로 아름다움의 반대말은 추함이 아니라 낯섦입니다. 아름다운 거리와 낯선 거리. 아름다운 사람과 낯선 사람. 아름다운 세상과 낯선 세상. 유홍준 교수는 아는 만큼 보인다고 하였는데, 썰자는 아는 만큼 아름답게 느낍니다. 어머니가 빨간 대야를 좌판 삼아 장사를 하였던 상도동의 영도시장은 내 추억 속에서 아름다운 곳으로 남아 있지만, 지금 낯선 이방인들이 자리 잡고 있는 대림동의 시장 골목은 불편합니다. 노래방에서 신중현의 '아름다운 강산'을 부르는 것은 실례입니다. 마니아들의 평가로는 명곡인데, 무려 8분짜리 노래입니다. 완창하려면 노래하는 사람도 듣는 사람도 힘들고 지루합니다. 노래의 시작은 지루하지 않으니 불러봅니다. '~ 하늘은 파랗게 구름은 하얗게 실바람도 불어와 부풀은 내 마음. 나뭇잎 푸르게 강물도 푸르게 아름다운 이곳에 네가 있고 내가 있네. 노래 불러요 노~ 아름다운 노래'를 좋은 가사에, 좋은 곡입니다. 하지만 박정희가 평생 대통령을 하겠다는 욕심으로 10월 유신을 단행하였던 1972년에 만들어진 노래입니다. 신중현에게 이렇게 물어보고 싶습니다. '10월 유신의 정국에서 무엇을 공감하였기에 아름다운 강산이라고 노래하셨습니까[58]?' 유신 정국 때 만들어진 '아름다운 강산'은 학살자 전두환이 대통령으로 선출되던 1981년에 가요대상을 수상합니다. 우연일까요? 박근혜의 탄핵을 안타까워하는 박사모들은 집회 때마다 목에서 피가 터져라 '아름다운 강산'을 불러댔습니다. 그들이 공감하는 아름다

58　'아름다운 강산'의 작곡 연도는 일반적으로 1972년이라고 알려져 있습니다. 신중현의 아들 신대철은 1974년이라고 하면서, 신중현이 박정희를 찬양하는 노래를 만들라는 청와대의 요구를 거절하는 대신 우리 강산을 찬양하는 노래를 만들었다고 말합니다.

움은 10월 유신과 5월의 학살에 있는가 봅니다. 썰자는 그들이 낯섭니다.

우리는 아름다움이 무엇인지 모릅니다. 네이버 한자사전으로 검색해보니 '아름답다'라는 의미의 글자가 무려 96개입니다. 한자는 모두 의미를 각별히 담아 만들어졌는데 그 의미를 분별하지 못하고 대충 아름답다고 해석하고 있으니, 너저분합니다. 아이러니하게도 그 많은 글자 중에 아름다움의 시작인 知^지는 검색되지 않았습니다. 아름다움의 어원을 모르기 때문입니다. 사전적으로 아름다움을 뜻하는 대표적인 자는 美^미입니다. 美^미는 크고 살찐 양을 상형한 글자로, 맛있게 생긴 양이니 '맛나다, 좋다'는 뜻을 갖고 그로부터 '아름답다'가 되었습니다. 살찐 양을 상형한 美^미에 어울리려고 한 듯 옛날 중국의 미인은 비만하였습니다. 중국의 4대 미인 중의 한 명인 양귀비는 몇 걸음만 걸어도 숨을 헐떡이고 땀을 흘릴 정도로 비만이었다고 합니다. 중국의 박물관에서 당나라 대 여인들의 조각상을 보면 부처상과 다름없는 비만 체형입니다. 원래 인류는 비만을 동경해왔습니다. 지금도 폴리네시안들은 살찐 몸을 자랑합니다. 하지만 대한민국의 사람들은 다릅니다. 일 년 내내 다이어트를 하는 여성들이 부지기수이고, 남자들도 그에 못지않습니다. 그런 우리가 살찐 양의 모습을 담고 있는 美^미를 아름답다고 새기는 것은 字^자에 대한 집단적 무식, 무감각의 결과입니다. 물론 이런 무식이 불편하지는 않지만, 아름답지도 않습니다.

知^지는 화살을 뜻하는 矢^시와 말하는 모습의 口^구로 썰림. 矢^시는 단순한 화살이 아니라, 적의 몸통을 꿰뚫은 화살이거나, 사냥감에 꽂힌 화살로 무용담을 담고 있는 화살임. 무용담을 통하여 사냥의 방법 등 지식을 공유하였음.

智^지는 무용담을 통하여 사냥의 방법 등 지식을 나누는 모습을 담은 知^지에 '이야기하다'라는 의미를 담은 曰^왈이 더해짐. 들려온 무용담들을 묶어서 하나의 이야기로 만들어 전하는 지혜를 뜻함.

美^미는 크고 살찐 양을 상형한 글자로, 맛있게 생긴 양이니 '맛나다', '좋다'라는 뜻을 갖고 그로부터 '아름답다'가 되었음.

사랑하지 말자

어머니는 썰자가 세 살 때부터 춤과 노래를 좋아하였다고 놀리십니다. 1967년 봉봉 사중창단의 노래 '사랑을 하면은 예뻐져요'가 라디오에서 나오면 제대로 걷지도 못하는 배불뚝이 썰자가 벌떡 일어나서 엉덩이춤을 들썩였다고 하십니다. 사춘기의 썰자는 또래의 여학생만 보면 얼굴이 빨개졌던 것이 기억납니다. 이발소에 가서 머리를 깎으려고 의자에 앉으면 짧은 원피스를 입은 20대 초반의 여종업원이 다가왔습니다. 여종업원은 썰자의 얼굴에 면도할 수염이 자라지도 않았는데 의자를 젖혀 눕히고는 두 눈 위에 뜨거운 수건을 얹히고 얼굴 전체에 거품을 발라서 면도를 해 주었습니다. 시각이 차단되면 다른 감각들이 예민해진다고 합니다. 얼굴을 매만지는 여종업원의 손길에 솜털이 자극되고 싸구려 화장품 냄새에 정신이 몽롱해지면, 사춘기의 남성이 시간과 장소를 분별하지 못하고 자존감을 드러냅니다. 이러면 안된다는 생각에 구구단과 국민교육헌장을 외워보지만 소용없는 짓이었습니다.

중학교 때 도덕 시간에 아가페적인 사랑, 플라토닉한 사랑, 에로스적인 사랑에 대하여 배웠습니다. 기독교 정신과 유럽의 귀족 문화가 만들어낸 구분이지요. 아가페는 이데아에 대한 동경, 플라토닉은 도덕과 선을 향한 정신적인 사랑, 에로스는 육체적인 사랑이니 셋은 전혀 다른 내용의 마음입니다. 전혀 다른 셋을 사랑이란 이름으로 통일시킨 기독교 정신은 에로스적인 사랑을 저급하다고 하였습니다. 이성을 향한 뜨거운 사랑은 저급하다면서, 이성에 대한 열정을 국가와 종교에 대한 헌신으로 바꿀 것을 요구하는 이데올로기였습니다. 가톨릭이 지배하던 시대에 만들어진 이데올로기적 구분이 오늘날 이 땅에 여전히 유효한 이유는 이 땅에서 현학하는 자들의 정서가 서양의 문화적 패권주의에 굴종하고 있기 때문입니다. 현학하는 자들에게 사랑은 오로지 에로스적입니다.

愛애를 썰어보겠습니다. 愛애는 갑골문과 금문에는 보이지 않습니다. 기원 후 백 년쯤에 활동하던 허신이 만든 설문해자에서 비로소 보이는 글자입니다[59]. 그러니 기원전 5백 년 즈음에 활동하였던 공자와 묵자는 愛애을 전혀 모르고 살았습니다. 공자가 『논어』의 「학이편」에서 節用愛人절용애인이라고 한 것은 그가 모르고 한 헛소리입니다. 『논어』는 공자의 제자들이 만들었고 그 후에 계속 가필되어 재편집되었으니 공자가 모르는 공자의 말이 되었습니다. 묵자를 예수에 비견하며 묵자가 兼愛겸애를 주창하였다는 설도 헛소리입니다. 공자와 묵자가 愛애라는 글자를 모르는데 어떻게 愛人애인을 말하고, 兼愛겸애를 주창하였겠습니까? 플라톤에서 유래하였다는 플라토닉 사랑은 16세기에 그 개념이 정립되었으니 플라톤도 플라토닉 러브를 몰랐을 것입니다. 허신이 알던 愛애는 지금의 愛애와 다른 㤅애입니다. 㤅애를 썰어보면 눈에 보이지 않으나 감각할 수 있는 气기를 의미하는 旡기, 마음을 뜻하는 心심, 천천히 움직이는 모습을 담고 있는 夊쇠에 해당하는 夂로 썰립니다. 천천히 움직이는 모습의 夂는 망설임을 뜻하기도 합니다. 이를 풀어보면 마음

---

59 허신은 愛애를 行皃행모라고 하였습니다. 허신은 다른 자의 경우 용례를 들어서 설명하였는데 愛애의 경우는 용례를 들지 않았습니다. 공자나 묵자가 愛애를 사용하여 글을 썼으면 그 예를 들었을 것인데, 예가 없으니 쓰임도 없었습니다. 行皃행모의 의미는 '관찰하여 알아내다.'입니다.

에서 솟구치는 기에 이끌리되 심히 망설이며 움직이는 모습이 愛애입니다. love의 어원이 갈망을 뜻하는 산스크리트어의 'lush'라고 하는데, 마음속에서 솟구치는 기의 끌어당김 또한 lush입니다. 도올 김용옥은 본성에 이끌린 갈망을 꼴림이라고 합니다. 꼴림에 비속한 느낌이 있지만, 그보다 야무진 표현이 없으니 따라합니다. 도올은 꼴림을 몸의 신경 말단에서 분비되는 화학물질의 작용에 의한 것이라고 하였습니다. 썰자가 사춘기에 이발소에 누워서 느꼈던 흥분은 도올이 말하는 꼴림이었습니다. 하지만 그 꼴림으로 이발소의 여종업원을 사랑하지는 않았습니다. 꼴림이 깊고 지속적이며 주체할 수 없는 지경에 달하였을 때 비로소 '사랑'이라고 할 수 있습니다. 주체할 수 없는 지경에서의 그리움은 사랑을 대변합니다. 그리움이 주체할 수 없을 때에 생기는 병을 상사병이라고 합니다. 꼴림이 병이 된 것입니다. 모든 병의 진행이 그렇듯이 병으로 죽지 않는 한 병은 치유되니 꼴림도 결국은 사그라집니다. 그리하여 누군가 '사랑이 어떻게 변하니.'라고 물으면, 썰자는 '사람이 어떻게 내내 꼴려서 사니.'라고 대답합니다. 사랑은 변합니다.

愛애는 가슴은 요동치나 선뜻 나서지 못하여 먹먹한 모습입니다. 먹먹함. 그것이 바로 愛애로 표현된 사랑입니다. 인간도 짝짓기를 하는 동물입니다. 동물의 세계에서 수컷은 짝짓기를 위하여 목숨을 겁니다. 인간의 본능도 마찬가지였습니다. 남성은 여성을 보면 목숨을 건 짝짓기를 위하여 뇌에서 각종 호르몬을 내보냅니다. 호르몬에 지배된 상태에서 이성은 마비됩니다. 판단이 흐릿해집니다. 흐릿한 의미의 愛^애에 해를 상형한 日^일을 더한 曖^애는 해가 구름에 가리운 하늘을 가리켜 '흐리다'를 뜻하고, 눈을 상형한 目^목을 더한 曖^애는 보일 듯 보이지 않는 '흐릿하다'를 뜻합니다.

도올이 말하기를 우리말에 사랑은 없었다고 합니다. 영어의 love를 번역하여 만들어진 신조어라고 합니다. 과연 그럴까요? 도올의 말이 맞는지 확인해 보지는 않았습니다. 판소리 춘향가 중의 사랑 타령은 뭐지요? 이리 오너라, 업고 놀자. 사랑 사랑 내 사랑아, 어화둥둥 내 사랑아.

love에는 플라토닉이니, 아가페니, 에로스니 하는 너무나 많은 의미가 담겼습니다. 하지만 썰자의 언어로 사랑은 플라토닉도 아니고, 아가페도 아니고, 에로스도 아닙니다. love도 아닙니다. 호르몬에 지배된 꼴림도 아닙니다. 만나서 차 마시는 그런 사랑도 아닙니다. 가슴 터질 듯 열망하는 사랑도 아닙니다. 누군가를 진정으로 사랑한다고 느꼈다면, 그것은 깨달음입니다. 깨달음이 없으면 사랑이 아닙니다. 깨달음은 언어도단言語道斷이라고 하였습니다. 썰자는 아내인 윤미강을 사랑합니다. 그를 사랑한다고 느꼈을 때 썰자를 둘러싼 모든 것은 의미를 새롭게 하였습니다. 하지만 그 사랑이 무엇이냐고 물으면 썰자는 그저 웃을 수밖에 없습니다. 살아가면서 더 많은 깨달음이 있겠지만, 사람을 통한 언어도단言語道斷, 불립不立문자의 깨달음을 준 아내에게 감사드립니다.

고마운 아내여,
사랑하지 맙시다.

글해

愛애의 설문체 㤅애를 썰면 눈에 보이지 않으나 감각할 수 있는 기운를 의미하는 旡기, 마음을 뜻하는 心심, 천천히 움직이는 모습을 담고 있는 夊쇠에 해당하는 夊로 썰림. 천천히 움직이는 모습의 夊는 망설임을 뜻함. 愛애는 가슴은 요동치나 선뜻 나서지 못하여 먹먹한 모습임. 먹먹함, 그것이 愛애로 표현된 사랑임. 먹먹하게 눌린 이성은 판단이 흐릿하니, 愛애에는 흐릿한 의미가 담겨 있음. 흐릿한 의미의 愛애에 해를 상형한 日일을 더한 曖애는 해가 구름에 가리워진 하늘을 가리켜 '흐리다'를 뜻하고, 눈을 상형한 目목을 더한 瞹애는 보일 듯 보이지 않는 '흐릿하다'를 뜻함.